西壁朝元

杨格 著

浙江工商大学出版社 | 杭州

图书在版编目（CIP）数据

西壁朝元 / 杨格著 . — 杭州 : 浙江工商大学出版社 , 2022.8
ISBN 978-7-5178-4965-0

Ⅰ.①西… Ⅱ.①杨… Ⅲ.①长篇小说—中国—当代
Ⅳ.① I247.5

中国版本图书馆 CIP 数据核字 (2022) 第 087646 号

西壁朝元
XI BI CHAO YUAN

杨格 著

责任编辑	沈明珠
责任校对	穆静雯
封面设计	观止堂_未氓
责任印制	包建辉
出版发行	浙江工商大学出版社
	（杭州市教工路 198 号　邮政编码 310012）
	（E-mail:zjgsupress@163.com）
	（网址:http://www.zjgsupress.com）
	电话:0571-88904980,88831806（传真）
排　　版	观止堂
印　　刷	苏州彩易达包装制品有限公司
开　　本	880 mm×1230 mm　1/32
印　　张	7.625
字　　数	133千字
版 印 次	2022年8月第1版　2022年8月第1次
书　　号	ISBN 978-7-5178-4965-0
定　　价	68.00元

01

还有三天就到春节了。夜半时分，街道上仍然有不少的车辆鱼贯穿行。车灯的光和美术馆建筑外围黄晕的灯光呼应成景。美术馆里面，施工队伍正在工作，他们在为即将举办的"春之元"中国画展做布展工作，这个展览明天就要开展。在这个展览上，最重要的作品是国宝级宋画《八十八神仙卷》。

工人们在美术馆的二楼施工，不时轻声聊着天，谈在马上就要到的春节该带点什么回老家，谈这些古画究竟有多少人来看，时不时传出几声笑声。由于整个三楼有一部分空间是与二楼通的，二楼的聊天声会传到三楼。这些带着山西、四川方言的声音在空荡的三楼飘荡，遇到展墙和展柜就转向另一个方向，所以在三楼的空间中，感觉声音来自很多地方，忽大忽小的。三楼已经布置好了，没有工人，现在只有一盏应急灯开着。天窗洒下的月光笼罩着那个巨大的展柜，展柜里面躺着那幅最著名的卷轴《八十八神仙卷》。从五十年前骆冰煜进入那个神奇的空间盒子成为一名守卫者开始，直到明天这幅卷轴多年来才第一次和现代人见面，这也是新的守卫者出现的契机。什么是守卫，谁可以做守卫？骆冰煜这个守卫者本身也说不太清楚，只是守卫什么，骆冰煜非常清楚，即便他的下一代守卫全部被杀，他们这一代的守卫也已经死了一位，骆冰煜仍然笃定地坚守自己的使命。

骆冰煜不知道的是，事实上除了守卫者和研究它的专家学者，这幅卷轴已经有一千多年从未面对大众公开展出过，画中的神仙没有接触过芸芸众生的目光，却从没有离开过普罗大众。他们一直在传统中国人内心深处的某个角落熠熠生辉——这也是历代守卫者存在的意义，即守卫人们内心的真实面貌。

可是"他们"并不希望这一切顺利进行。"他们"是谁，在不同的人那里会有不同的称呼。骆冰煜知道有的人叫"他们"教授，有的人叫"他们"破坏者，有的人叫"他们"穿越者，而对于骆冰煜，"他们"是朋友或学生。骆冰煜也知道，每一代的守卫都会面对各种各样的"他们"，自己现在面对的这几位，也是经过十几年的时间才发现的，自己的举措既不会感化"他们"，也不会消灭"他们"。但是自己仍然会为此竭尽全力。

"他们"会策划一个意外，让明天"春之元"展览不能如期开展。"他们"以为这样可以阻止新的守卫者出现，但怎么可能。守卫者和"他们"之间的对抗持续了很久。

　　沈桐离在三楼走来走去，有点儿恍惚，找不到声音的来处、去处。看着月光下那些衣带飘浮的神仙，他感到声音似乎是他们发出的，但显然不是。黑暗中，货运通道的门和展墙融为一体，矩形的细缝儿露出货运通道里的亮光。一道黑影闪过，沈桐离觉得有人，但四下看看却没有看到，他凭着直觉朝货运通道走。

　　明亮的货运通道中，货运电梯的门打开，穿着全黑夜行服的刑天将脸孔躲进帽子里，操作电梯的按钮，使电梯保持开门的状态，接着身手敏捷地爬上电梯的天花板。早在进入美术馆三楼之前，刑天已经制伏了监控室保安，将空空荡荡的电梯和三楼货运通道监控录屏，再循环播放。此刻的刑天准备推开通往展厅的暗门，发觉有人，便在明亮的货运通道中，将自己隐藏在自己塑造的阴影里。沈桐离在灰暗的空间中，被各地方方言环绕着，迎着微弱的光线想要推开面前的暗门。刑天敏捷地躲在角落，同时从腿上抽出一件尖锐的短兵器——像是短刀——在光亮的空间中反射着尖锐的闪光。骆冰煜悄无声息地从后楼梯走上三楼货运通道。在昏暗的三楼展厅中，沈桐离推开货运通道的暗门，货运通道突然的光亮让他睁不开眼睛。短暂适应之后，沈桐离睁眼看见骆冰煜教授站在三楼货运通道里。沈桐离愣了一下，骆冰煜笑着和他打招呼："我看二楼差不多了，今天你们辛苦了，下班吧。"沈桐离点点头，转身离开。骆冰煜看着电梯顶部的黑影，露出意味深长又带有一丝掌控意味的微笑，这和面对沈桐离时的微笑长者像是两个人。

深夜，刚刚下了一场小雪，美术馆的灯依次关闭，工作人员陆续离开。美术馆内部沉入黑暗当中。而从外面看美术馆的轮廓，清灰色性冷淡风的现代派建筑上点撒了雪白轻柔的线条，同时呈现出超现实主义的视觉和中国水墨画的意境——这是大自然不经意中的跨地域重构。对那些离开的工作人员来说，一天正在结束，但是对另外一些人来说，这个沉静时刻其实是正片开始前的黑屏时间。

沈桐离和一名同事抱着巨大的垃圾，与布展工人的队伍在岔路口分开，两人走到主楼后面的垃圾堆丢垃圾。从树影中走到美术馆后面的小巷，同事打着哈欠，一片雪花飘进嘴里。沈桐离仰头看着天上飘落的雪花若有所思："春节快到了。"

走不多远，两人来到一排破旧的平房。这排平房完全在主街的背面，有四到五间，从美术馆的正面、侧面都看不到这排小房子，它永远在美术馆和周围楼房的阴影里。这是排旧房，原本在美术馆改造的时候应该一同拆了盖新的，但由于当初这个地块并不属于美术馆，而这排小平房又不属于地块所属的单位，这栋小平房意外地被留了下来。经年之后，小平房以不那么协调的姿态隐藏在艺术而高雅的美术馆巨大建筑背后，作为美术馆的杂物库房和部分临时工宿舍在使用。

此刻美术馆像一只巨兽，陷入黑暗的另一个场域当中。而小平房则亮起黄晕的光，像是巨兽旁边的萤火虫。不多会儿，萤火虫的灯光也灭了。沈桐离和王辉在温暖的被窝里睡熟，鼾声四起。

黑暗中，手机的振动声叫醒了沈桐离，他迷糊着从床边拿起手机。"喂"了一声，立即惊坐起来打开灯，露出着急的神情几乎喊出来："什么！教授！"眼角快要流出泪。同事被突如其来的灯光和声响惊醒，露出不耐烦的神情，紧接着，小平房几个房间的灯光次第点亮。

沈桐离穿着秋衣秋裤冲到小巷子，同事揉着眼睛："咋了？下着雪呢！"

血滴在美术馆灰色的地面上逐渐汇成一条血线，血线又变成好几条，七十几岁的老人捂着胸口，跌跌撞撞地前往最大的展厅——展着《八十八神仙卷》的那个展厅。美术馆馆长骆冰煜嘴角挂着一抹笑意，不禁想：另外的场域的自己还是鸟形的吗？眼下他必须集中精力把该做的做完。这样的一次刺杀从某种意义上来说恰恰是自己需要的。事实上，刚才是自己主动撞向了刑天锋利的匕首。

"他们"不知道或者知道了也不相信：无论明天《八十八神仙卷》是否在民众面前公开展览，守卫者也一定会如期出现。想到这，骆冰煜露出满意的表情。当下的自己，需要给守卫者留下必要的线索，帮助他们找到另一个自己和朝元图的秘密。骆冰煜一直相信守卫者的另外一面隐藏在平凡的外表之下，就像是一辆拥有保时捷超跑最大功率发动机的 20 世纪 80 年代的普桑——骆冰煜现在做的，就是插上钥匙，发动这辆车，守卫者自己知道朝哪里开。可是留下线索就意味着自己放弃了生的希望，想到这儿，骆冰煜笑了笑，感觉自己就要飞起来了。

刑天换掉夜行服，穿着黑色帽衫，像鬼魅一样悄无声息地跟着，悠悠地说："你守护的，交给我们也是一样。现在觉醒，还来得及救你的命。我不想杀你。"

"都是用刀，大夫是救人，屠夫是杀人。怎么能一样？"从蹒跚前行到匍匐地面爬行，骆冰煜教授终于挪到那幅著名的卷轴面前。这个时候，疼痛已经使他瘦削的身躯不断抽搐，他伏在这卷轴的脚下。卷轴中的各色神仙，在月光下俯视着这个满腹经纶的老人，爱莫能助。

卷轴用白描的手法描画出八十八位神仙，清冷的月光从天顶的窗户射进展厅，灰白的光线笼罩着卷轴。各路神仙或目光威严庄重，或表情慈爱教责，衣饰在月光下几欲飘浮。

　　环保的理念使美术馆在顶层设计了一个巨大的天窗，白天时候仅仅通过自然光线即可以完成展览。这一晚，这个出于爱护环境的设计给了月光一个舞台，月光用银白的色调给血腥的剧目做背景。骆冰煜看到月光，想到了自己的解决方案——用月光做道具，既是他迫不得已，也是他心之向往。从找到翅膀那天开始，骆冰煜就一直畅想自己有一天在月光下飞行，今天，这个愿望终于要实现了。

　　要想获得，必先给予，骆冰煜懂得这个道理，用难以想象的沉静口吻说了以下几句诗：

　　"凤凰鸣矣，于彼高岗。梧桐生矣，于彼朝阳。"

　　骆冰煜抬起满是汗滴的头，看了黑衣人一眼："山西，安乐村。跟着这句诗找到道观的墙。墙角下，朝阳初升时。"

　　黑衣人点点头："谢谢。另外一个线索在哪里？"

　　骆冰煜用手指了一下《八十八神仙卷》对面墙上的一幅清朝的画——清人仿宋画《山乐》。画面上部是层叠融翠的山峦，被云雾萦绕着。画面下部隐约露出一座小镇，一条山路从画面的下方深入山里，路上，五个老汉形态各异，在山路上一边唱歌一边舞蹈。最奇妙的是，五个老汉仅仅只有两三厘米大小，却画得惟妙惟肖。

　　黑衣人用手机拍下这幅画的全貌，并且重点拍下几个老汉的样子和隐匿在山峦中的小镇，留下一声"谢谢！快去报警，我不希望你死"，消失在黑暗里。

骆冰煜看着黝黑的背影，露出一丝笑容，他心里很清楚，刚才的小伎俩只会拖延他们的时间，对于和自己旗鼓相当的对手，一切都马虎不得。

立即开始行动。

卷轴下面的骆冰煜忙碌起来，首先爬到《山乐》脚下，从画框背面拿出白描笔尖，开始在覆盖画面的亚克力上画画。汗滴和血液不断地滴到地上，为了不影响自己的工作，骆冰煜将自己的毛衣脱下来，不断地擦汗和血。

02

暗夜中，美术馆被警车闪烁的灯光包围。

美术馆副馆长曾宣穿着一身得体的黑西装快速从隔离带中穿过。曾宣四十多岁，大大的眼睛、薄薄的嘴唇、挺阔的鼻子，举手投足之间透露出精明和智慧。眼角有一丝鱼尾纹，算是岁月轻微的痕迹。即便在凌晨被叫醒，这个女人依然以得体精致的面貌来到工作场所——这是她的修养，可是她这一次脸上挂着泪痕。在中国的传统说法中，她被叫醒的这个时间是夜行动物最凶猛的时刻。

在那幅著名的《八十八神仙卷》下面，警方标示出死者曾经姿势的轮廓：那是一种起飞的样子，左胳膊高高扬起，右胳膊被压在下面，但是也艰难地朝后张扬着。左右胳膊形成一个锐角，像极了一对翅膀。教授的一条腿蜷曲着，另一条则向外伸展，和双臂形成一个向上的动态。尸体的旁边，用血迹写着"其桐其椅，其实离离"。曾宣看到的时刻，血迹已经变成黑褐色，但是仍然可见用笔的遒劲——这绝对是骆冰煜教授的字迹——曾宣暗暗赞叹：即便是即将离开人世，骆冰煜教授的字仍然刚劲有力，横细竖粗，中锋行笔。尤其是横笔，和一般的书法不同，很细，起笔先回锋，形成一个方形的头部，倔强而锋利地刺激着观者的眼睛。曾宣眼眶和鼻头又红了，努力克制才制止眼泪流下来。

明力从后面走到曾宣身边："曾馆长认为这两句诗指的是谁？"

曾宣吓了一跳，转过身，看到一张瘦削充满胡子茬的脸。两只细长的眼睛炯炯有神，挺阔的鼻子和厚厚的嘴唇让人同时想到精明和憨厚两种性格。

明力意识到什么，笑了一下："刑警队明力。"伸出手来。

曾宣面无表情淡淡地和明力握了握手："曾宣。"

明力说："感谢您这么快赶过来。"

曾宣压抑不住悲伤，道："应该的。"曾宣的眼泪几乎要从眼眶中流出来，但她用力止住了，不在陌生人面前流泪在她看来是一种基础礼仪。

深呼吸，曾宣问："你刚才的问题是——？"

明力说："这两句诗，是指——谁？"

曾宣有一些诧异，暗暗思忖：对方没有问诗的意思，也没有问教授留下诗文的目的，直接问这两句诗指代的那个人，会不会太武断了？

明力似笑非笑地看着曾宣，曾宣明白，眼前的刑警和其他刑警不一样，是一个更懂艺术和古诗文的人。

曾宣说："应该——是个人名——桐离。主要指男子。"

另一边，美术馆办公区的一间办公室里，沈桐离瞪着布满红血丝的双眼，有些急躁。刑警风世彦则不慌不忙道："沈桐离？"

沈桐离点点头："警官，让我去三楼再看看那幅卷轴——"

风世彦露出了一个看似真诚的笑脸："我们还有一个问题，为什么在23时10分的时候你没有和其他人一起在二楼，而是在三楼。你到三楼做什么？"

沈桐离："我是去看那幅画，那幅卷轴。"

风世彦："为什么？"

沈桐离："我也说不清楚，总是觉得月光下那幅画要给我说什么，所以我想要去看看。"

风世彦："你看到了什么？"

沈桐离若有所思："我看到画上的神仙。他们衣带飘飘，在朝元的路上。"

风世彦笑了，看了看手里的材料，关于《八十八神仙卷》的简介上是这么写的：这幅画描绘了八十八位神仙行走在一座桥上，去祭拜元始天尊。传说这幅画最早是吴道子为洛阳老君庙壁画而画的绢本小样，"吴带当风"即是从这幅画而来的。后世几百年中，出现过这幅画的很多摹本。

风世彦用略显严肃的声调说："那么你为什么要去货运通道呢？"

沈桐离："我告诉你们了，我感到那里有人！"

风世彦："对，你在那里看到了骆冰煜教授。"

沈桐离："嗯，我当时觉得还有别人。"

风世彦："那么你看到了吗？"

沈桐离摇摇头。

风世彦："教授对你说了什么？"

沈桐离有些不耐烦："我刚才就告诉你们了。"看到风世彦依旧严肃的问询目光，沈桐离无奈地说："教授说我们可以回去休息了。警官，我现在不应该在这里浪费时间，你应该让我去三楼看那幅画！"

风世彦依旧保持着礼貌和克制："你回到宿舍之后就上床睡觉了对吧？"

沈桐离吼出来："对！"

风世彦："好吧，我问一个新的问题，你的宿舍是一个人一个房间吗？"

沈桐离握紧拳头喊得很大声，同时站起来："是的！我不知道你为什么总是问这些无关的问题，警官，我要去看那幅画！"

风世彦："我们到现场的时候你就在看画。那些画就在那里，也不会到别处去，早一点看，晚一点看，有什么关系呢？"

沈桐离："不一样！我不知道有什么不一样，但就是不一样。所以我才应该去看画，找出答案告诉你。我现在什么都不知道，但是我知道那些画里有答案。"沈桐离激动地站起来。

明力不知道什么时候进来，站在沈桐离身后，硬生生地将沈桐离按在座位上："也许你可以给我们解释，你是什么时候把走廊的监控设置成录像循环播放的。"

沈桐离："监控录像循环播放？你在说什么？"

明力盯着沈桐离的眼睛，像老鹰盯着猎物。此刻他脑海里也有一些问题。

这个美术馆有两套监控系统，其中之一是传统的摄像头，另一个则是红外监控系统。一般情况下，摄像头无死角地对美术馆的每一个角落进行监控，但是在美术馆灯光系统关闭时，红外监控则自动启动。在调取监控数据的时候，明力也觉得熄灯前的监控有问题，大厅里的监控可以看见沈桐离走向货运通道，但是同一时间货运通道并没有显示任何人进入。如果是沈桐离做的，他这么做显然太大意了；如果不是，那么红外监控在三楼展厅捕捉到的身影是谁？

沈桐离被激怒了，大声说道："我不知道！你们一遍一遍地问我这些与我不相干的问题，我都告诉你们了。让我去三楼看画，我可以解开教授留下的谜语！我要找到凶手！"

明力盯着沈桐离的眼睛。沈桐离长着一双总是透出温和目光的欧版大眼睛，凌乱的头发，厚厚的嘴唇，瘦削高大的身材——这些天然透露出一种无辜、天真的气质，甚至还有一点忠厚和木讷感。作为老警察，明力并不会轻易相信表面看到的，既然骆教授临死时留下的诗句是指眼前这个年轻人，那么他就是破案的关键。

明力看着风世彦，点点头。风世彦接到命令，露出并不太情愿的询问眼神，明力回复肯定的眼神。风世彦对着沈桐离说："你也别着急，查清楚细节是我们必须要做的，也请你理解。既然你说要去三楼看画，现在咱们一起去。"

03

曾宣跟在明力的后面，看着沈桐离和风世彦离开，冷冷地对明力说："你们怀疑这个孩子？"

明力喃喃自语："嗯，二十二岁，可以杀人了。"

曾宣："他是骆教授介绍到美术馆的，是我们的临时工，工作很努力。"曾宣的话中带有一种不容置疑的语气，不知道是不是长期以来的习惯。

明力是一个老警察，懂得面对这些恃才自傲的人时应该如何做，即便这个人是嫌疑人之一——现在，任何人都不能排除可能性，明力用轻松的语气像是和朋友聊天似的问："您和骆教授共事很多年了？"边问，边靠着墙，朝外面的人喊："我要的早餐到了吗？"转回头，对着曾宣笑笑："您随意一些。这是您的办公室。"

曾宣依旧笔挺地站着，保持着优雅的风度："他是我的硕士和博士研究生的导师，因为他，我才到这个美术馆工作的。"

这时外面的警察递进来早餐，明力把早餐放在桌子上，露出温和的笑容："感谢您来帮助我们的工作。咖啡？豆浆？还有包子，咱们边吃边聊。"明力很明显在向这个美丽的女人示好，事实上，明力希望了解更多的信息。毕竟这一个案件太不同寻常了。

曾宣摇了摇头，这个时候她吃不下任何东西，在自己常坐的椅子上坐下来。在她心目中，骆教授是一个文化宝库，也是她的领路人，更是父亲。骆教授突然被害，她内心的悲伤无以言表，她也将这样的感情明白无误地表现出来，大大的眼睛透露出的悲伤是任何人都能读懂的。

明力当然读懂了，不知道该如何安慰，大口吃起东西来像是缓解尴尬："'其桐其椅，其实离离'，是诗经中的句子。"

曾宣点点头。

明力："我不太有文化，好像这句话一般是形容男人的，是说男人拥有俊美的容貌和风度如仪的品德风范。所以骆教授心目中刚才那个男——嗯孩子——就是这样的人？"

曾宣露出不置可否的表情，接着释然："的确，那个孩子叫沈桐离。"

明力："那个男孩确实挺帅的，听说他从千格地区来的？"

曾宣："他是墨铃的外孙。"

明力："墨铃？资料显示他父母双亡，和自己的爷爷住在一起。"

曾宣："确切地说是舅爷，墨铃是他奶奶的弟弟。"

明力："墨铃？和骆——"

曾宣点点头："骆教授、墨铃、季薄钊是同学，是当今艺术界的三大钜儒宿学。"曾宣说着，眼中泛出泪光，带点追忆和仰慕混杂的表情。明力没有继续追问，将最后一口包子塞进嘴巴，拿餐巾纸擦擦手，从文件袋里拿出几张照片递给曾宣："这是警方刚到现场时拍的照片。"

曾宣看到照片眼泪没有止住，立即滴落下来。明力识趣地给曾宣递上纸巾。

照片上的骆冰煜保持着刚才那种奇怪的类似起飞的姿势，血液染红了教授的衬衣，微微扬着头，脸上似乎还泛着一丝笑容。至少从照片上看，骆冰煜教授的表情是安详的。

在三楼展厅，沈桐离来到《八十八神仙卷》的展柜处。此时太阳已经升起，带着温暖的光洒遍整个三楼展厅。这幅绢本白描卷轴在明亮的日光下看上去显得黄暗——其实这是这幅卷轴的正常状态。穿越一千多年的时光，虽然是在恒温恒湿的美术馆，在具有防晒功能的展柜中，但是只要置身明亮的光场中，卷轴的原本状态就显露无疑。氧化作用不分对象地发生，这是时间带给卷轴的痕迹。沈桐离更喜欢在月光下看这幅卷轴。可惜，这样的待遇只有美术馆的工作人员才能有，普通观众是很难看到卷轴上的神仙在月光下仙气缥缈的样子的。沈桐离有些失望，不再看卷轴，沈桐离蹲下来，在尸体的位置上，回想起自己刚刚来到现场的样子。

接到教授的电话，沈桐离疯了似的跑出卧室，同事王辉被吵醒，看到沈桐离穿着秋衣秋裤跑出去，喊了一句"咋了？"。沈桐离断断续续地喊着"美术馆，教授！"，已经跑出院子。

王辉有些迷茫，赶紧抓起一件羽绒服，一边穿自己的衣服一边追出去。

两人来到美术馆的员工通道，保安在熟睡，王辉上前叫，却叫不醒。沈桐离直接冲上三楼展厅。

眼前的一幕他终生难忘：在清冷的月光下，骆教授像一只受伤的鸟儿，伸着翅膀想要飞翔，却已经没了生气。沈桐离哭着跑到教授面前，想要抱起教授，教授看着沈桐离，微笑着："让我飞。你来了我就放心了。记住我教你的。"接着教授闭上了眼睛。此刻王辉拨通了报警电话。

警察在五分钟之内就赶到了。最先赶到现场的就是风世彦警官，间隔不超过一分钟，明力也赶到现场。看到的场景令两人都终生难忘。

沈桐离正伏在《八十八神仙卷》的展柜上，一边流泪，一边认真看着卷轴，就连警察到来都没有察觉。沈桐离的脚下躺着教授的尸体，现场到处都是沈桐离的指纹。明力在细致地观察这个行动奇怪的年轻人——一般人在这样的时候应该离尸体远远的，而这个人却恰恰相反，不戴手套，毫不介意在各处留下自己的指纹。风世彦有些愤怒地中断沈桐离在卷轴中的徜徉，要将他带到办公室问话。

沈桐离却丝毫没有理会警察的命令，继续沿着尸体胳膊——或者说飞起的翅膀的方向，看向对面——《山乐》，一幅清代人仿的宋画。沈桐离贴近地面，爬到《山乐》前，仔细地查找。明力嗅到了线索的味道，风世彦和几名警察粗暴地将沈桐离拽起来，明力抬手拦住了风世彦。

和一般的刑警不同，风世彦在警队里一直被称为艺术刑警。还在警校时，他上解剖课就把人体当成油画基础造型练习。他从小就开始素描和绘画练习，画画就像是一个戒不掉的瘾。而被害人骆冰煜一直是风世彦尊重的学者。也正是因为如此，在快要到除夕的时候，半夜被叫醒的是他。他并不知道，他之所以刚刚警校毕业就被挑到这个组，是因为明力，明力警官四十多岁了，和风世彦一样是一个"艺术刑警"。

《山乐》，对于学习西画的风世彦来说，听说过，但并不熟悉。沈桐离似乎发现了什么，声音中透着兴奋："这里，教授在这里留下了信号。"

风世彦上前和沈桐离一起蹲下。画中崎岖的山路上，玻璃罩上留下了一些细弱的线条，仔细看这些线条形成了一个人物形象，似乎是血液构成的，不到两厘米长，和玻璃罩中原作的五个老头一体，但是相对于原作中细节丰富的人物又有很多地方不同。这第六个血线画成的人线条简单很多，没有胡须，连衣服似乎都是现代人的装扮，动作简单，用手指着斜前方。沈桐离说："是第六个老人——或者不是老人——是年轻人！他用手指着——"沈桐离和风世彦蹲着转过身，沿着画中人物所指的方向是《八十八神仙卷》的一部分，也是教授尸体所在的位置。

两人又回到《八十八神仙卷》展柜这里。沈桐离趴在卷轴上寻找，卷轴上的人物依然神色端详庄严。

风世彦："这到底是指什么呢？"

沈桐离看着卷轴，没有搭理风世彦。风世彦对周围的警察道："兄弟，去查一下那幅画上新画的小人上面的血是谁的。另外再查一下是用什么东西画的。"

沈桐离一边看画，一边头也没抬地说："白描笔尖。"

风世彦："什么？"

沈桐离依旧没有看风世彦："用白描笔尖画的。"

风世彦："弟兄们，到处找找，白描笔尖。"

沈桐离："龟兹乐坊，应该在龟兹乐坊附近。"沈桐离用手指向左边不远处展墙上的一幅画，那幅画是清朝时期仿制的一幅龟兹乐坊画。有一名警察在那幅画的下面果然找到了一个白描笔尖。

风世彦："你怎么知道？"

沈桐离："我正在看的，也是龟兹乐坊，朝元图里面的。"

风世彦走到卷轴的展柜前，沈桐离用手指着龟兹乐坊的部分。的确，这部分在《八十八神仙卷》上是龟兹乐坊部分。沈桐离则又回到《山乐》那里。这一次他是站着看这幅画的上半部分。

风世彦也跟着沈桐离回到《山乐》这里，想表现出内行却又一无所知的状态。

沈桐离看着《山乐》上半部分的仙山和上面的树木，喃喃自语似的念着："凤凰鸣矣，于彼高岗。梧桐生矣，于彼朝阳。山西，安乐村。"

沈桐离一边念着，一边转身朝外走。此刻的他身上依旧穿着黑色的秋衣秋裤，外面披着破旧的长羽绒服。

风世彦一把拉住沈桐离："去哪儿？"

沈桐离："山西安乐村。快点，别让凶手跑了！"

风世彦有点摸不着头脑："什么山西？为什么就是山西呀！"

沈桐离边走边说："一个月前，教授跟我说过，有一天我发现那句诗，我就去山西安乐村，找到这句诗。在墙根下，找到我需要的东西。"

风世彦："诗？哪里有诗？"

沈桐离有点着急："你没看到吗？这画的就是那首诗。"

"啊？"风世彦有一点智商被碾压的愤怒感，"说清楚点，你！"

沈桐离停下来，认真地看着风世彦，用手指着画儿："这幅画上画的都是梧桐树。这些鸟儿，你仔细看，它们都有美丽的尾巴。有像这样复杂的尾巴的，不是孔雀就是凤凰。而整幅画被仙雾围绕着，后面还有仙山，可以肯定相对于下面这些跳舞的人来说，这里是仙境。所以，仙境中的鸟儿是凤凰。教授曾经告诉过我，看到能够提示那首诗的画，我就尽快到山西安乐村。找那里的一座古庙，庙里后墙上也刻有这句诗和这幅画。"

风世彦仔细看着画面："真的，这些鸟很像凤凰。这幅画的画法很眼熟——"

沈桐离接着边走边说："南宋李嵩的《踏歌图》也是这样的画法。这幅是清朝的仿宋画。"

风世彦露出欣赏的眼神，但嘴上不服输："我——我知道——想起来了。"风世彦向前拦住沈桐离的去路："你这是要去哪儿？"

沈桐离："山西呀，安乐村。"

风世彦："你确定教授是为了告诉你这些？"

沈桐离："当然。不然教授为什么在临终时给我打电话，为什么留下那个小人，为什么要在一个月前告诉我晏殊关于凤凰诗句的事情，告诉我关于山西安乐村的事，为什么？"

风世彦答不上来，一个问题都答不上来："教授提前告诉了你这些事？"

沈桐离自顾自地说："也许教授早就知道有人要杀他，所以才留下这些谜语，解开这些谜语，就可以找到杀他的人。"

风世彦的警察素养告诉他：整件事情有漏洞。比如法医尸检显示，骆教授的刀伤有自救的时间，但是他没有自救，反倒在生命最后的时间里，忙着画画和在地上摆姿势，这太不寻常了。还有红外监控中显示的另一个人影，身高、胖瘦和眼前的沈桐离都很相似，沈桐离一个人一间房，王辉说昨晚他回到宿舍就呼呼大睡——综合这些客观呈现出来的可疑之处，此刻不能让沈桐离走。

风世彦拦住了沈桐离的去路："现在还不清楚案情，不能走。"

沈桐离一把甩开风世彦的胳膊："我必须去。去晚了，凶手就逃了！"

沈桐离不管风世彦，像是失心疯发作一般在楼梯上奔跑。风世彦赶紧从楼梯上跃下拦在沈桐离前面，沈桐离一把把风世彦推下去，风世彦顺着楼梯摔倒。警察的训练让风世彦身手不凡，他立即站起来拽着沈桐离的胳膊。沈桐离反抗，两人扭打起来。

沈桐离虽然高大，但是瘦弱。风世彦比沈桐离矮一点儿，却肌肉满满，在警校格斗比赛中可是得过第一名的。风世彦几下就把沈桐离制伏。可是沈桐离似乎不要命了，像野兽一般横冲直撞外加嘶吼着，抱着风世彦不放手。更多的警察跑过来，几乎半抬着沈桐离离开现场。沈桐离非常不情愿，大声喊着："为什么抓我！去抓凶手呀！"

04

公安局里传来沈桐离的叫喊："让我出去！去山西安乐村！"

明力堵着耳朵来回踱步。

风世彦立正站好。

明力上下打量着风世彦："你不是警校格斗比赛冠军吗？怎么——"

风世彦："我——我总觉得这孩子不像凶手——他有点儿玩儿命。"

明力："你刑侦课怎么学的，分析案情靠猜？"明力露出鄙夷的表情。

风世彦立正："队长，我错了！接下来怎么办？"

明力："开会，综合一下各部门的资料。"

风世彦："队长，那——"

明力看着风世彦不明白他要说什么，很快反应过来："让他回家吧，找个人盯着。他肯定会跑，咱们看看他带我们去干什么。"

风世彦："会不会——放虎归山？"

明力："所以你——"

风世彦："是！我去盯着。"

会议室里，关于案件的各个方面的资料都被汇总起来。

尸检显示，教授死亡时间在夜里 2 时至 3 时之间，肺部被利器刺穿，肺动脉被切断，肺内出血过多导致死亡。伤口位于胸部第四至第五肋之间，伤口长度二点二厘米。

法医说："从现场血量和伤口的细节判断，骆教授从被刺中肺部到失血过多死亡，有十五到二十分钟的时间。

可是显然被害人放弃了自救的机会。"

王警官："我调查了一些骆冰煜教授的资料。骆教授今年七十二岁,是绿藤市美术馆馆长,也是艺术学院的教授、博士生导师、书画鉴定专家。"

明力打断了王警官："说点儿干货。"

王警官："骆冰煜教授妻子早亡,有一个儿子叫骆浚,儿子和儿媳林慧两年前去世。现在骆教授和孙女骆妍住在一起。"

王警官停下来看着大家,大家漠然地看着他,他赶紧说接下来的内容："我们想要通知这位骆妍,可是她一直联系不上。我们根据照片调查她的动向,知道她最后一次出现是在山西的长途汽车站。应该在芮城地区。"

陈立警官站起来："我这里有一些发现。"

众人看着陈立。

陈立接着说："美术馆最近的一次最大的开支是两千多万元,用于在李德集团所属的一个文化综合体中举办系列艺术展览,展览历时三个月。"

明力并不觉得有什么特别。

陈立："明队,李德集团的这个文化综合体还没有完全开工,而这个活动已经做完了。"

明力："有什么不对吗?经常有房地产商在没有开工的时候搞活动啊。"

陈立："根据资料，这个项目正在接受审计，有财务上的问题没有解释清楚。"

明力："什么问题？"

陈立："有两笔合计大约八百万元，最后被确认是打进了一个私人账户，你一定猜不出这个账户是谁的？"

明力："谁？"

陈立："李德集团董事长辛宇琦。"

明力有点不耐烦了："这有什么奇怪的吗？还是让经侦队去查这个案子吧，咱们是刑侦。"

陈立："辛宇琦是曾宣的前夫，离婚不超过半年。"

明力变了脸色，立即抬起头一脸关注地看着陈立："你负责调查这条线索。王警官继续调查骆冰煜教授的家庭情况。"

这时明力接到风世彦的电话，露出笑容："看看沈桐离带我们去哪里了？"

05

一个黑影从黑夜走向黎明，是的，用走路的方式，刻意避开摄像头。对于接受严格训练的二十二岁的小伙子来说，十几公里的夜路不是问题。在这个到处都是楼房的城市中，走路是最好的逃避监控的方式。在明力的警车从街道呼啸而过进入美术馆的时候，这个黑影正神不知鬼不觉地在周围的小区中找到一个单元楼进去——就像夜里施工工地上刚刚下班的工人一样。不到一刻钟，一个背着背包学生模样的人从单元楼中出来，戴着棒球帽，短款羽绒服和牛仔裤，背着双肩包，戴着口罩。看不清脸孔，但是高大壮硕的身体显示出力量和活力，完全没有一宿没睡的疲倦。

刑天一路小跑着来到火车站进站口，刷身份证进站。这时时针显示刚刚过凌晨4时，还有十五分钟开往安乐村的火车就要进站。这时候，美术馆里，沈桐离正在办公室里焦急地转来转去，不停地给警官讲让自己去三楼看画。

凌晨的火车多半是慢车，刑天在5时左右下车。车站的停车场上，教授已经安排好一辆越野车在那里。刑天在旁边的灌木丛中找到一个不起眼的小包裹，从里面拿出车钥匙，开着车，离开这个陌生的小站。

初升的太阳将整辆车填满。刑天微笑着望向东方，放下车窗，享受朝阳。清冷的微风吹拂他的脸，阳光将他的侧颜勾勒出漂亮的金边儿，深陷的眼窝和高挺的鼻梁都恰到好处，长长的睫毛像是蝴蝶一般忽闪着——沉浸在阳光中的半张脸像是一个无辜的天使，但另半张脸则在暗影中。

虽然一整个夜晚刑天都在忙碌，但是当光线充盈这辆车的时候，刑天仍然精神抖擞。相对于夜晚的寒凉，刑天更喜欢白天，尤其是阳光温煦的清晨。这么多年来，刑天一直自律着，无论多晚睡觉都不让自己错过清晨的阳光，仿佛阳光是奢侈品，自己被阳光环绕的感觉是一种享受。教授也鼓励刑天保持克制、有规律的生活方式，除了艺术，还要学习格斗、擒拿，甚至杀戮，刑天接受了风马牛不相及的训练，但教授说这是必须的，刑天就全力以赴，十几年的时间一转眼就过去了。

薄薄的嘴唇微微上扬，刑天知道，距离自己的使命完成又近了一步。

教授对于刑天来说是救世主一样的存在，教授的指令是一定要执行的，哪怕教授不告诉刑天原因，他也会深信不疑。刑天把这种信任归结成为信仰。这是一种从内心发出的信号，遇到相同"三观"的人所共同选择的未知旅程。从八岁起到现在，刑天和教授亦师亦父的感情已经超过十四年，却从未见过教授一面。这次行动之后，自己就可以见到教授，刑天由衷地露出笑容，加大了油门。

越野车在路上飞驰，路过的乡村和田地无不显露出"年味"来，春节是每个中国人最重要的节日。事实上，在长大的过程中，还有另一个对于刑天来说最重要的人——妈妈，可是妈妈究竟是什么样子，究竟是谁，对刑天来说只有模糊的轮廓。

刑天原来并不叫刑天，教授告诉他，刑天这个名字是他所有亲人去世之后，教授取的。刑天记忆中最清晰的画面，是妈妈给自己讲故事，教自己画画。妈妈的故事里有"千官列雁行"，就是一排神仙，有东华大帝、南海星君、扶桑大帝，带着金童玉女、文官、武官去朝拜更大的神仙。刑天就在脑海中想象这样旌旗飘扬、衣襟浮动的景象。刑天似乎记得自己在厕所的墙壁上画画，画的就是他脑海中想象的仕女，衣襟飘拂。关于妈妈，这些碎片就是刑天记忆中最清晰的画面。刑天经常想起这些，可是妈妈的脸，刑天看不清楚。每次梦中梦见妈妈，想要看清楚她的脸，却只能追逐妈妈的背影。

教授收养了他，告诉他，是在一个山岗上发现了他，那时他八岁。八岁以前的记忆，只有一些支离破碎的片段，妈妈的笑脸和故事是最清晰的内容，八岁以后的记忆，全都是教授。至于自己为什么记不得八岁以前的东西，记不得自己的家、妈妈、爸爸，自己的家究竟发生了什么，刑天不清楚，也可能因为这样的经历，刑天不擅长和人打交道，不喜欢说话。教授告诉他，所有对他的训练都是为了有一天他能完成任务，而完成任务了，他也就能解开自己的身世。

汽车飞快地行驶在公路上，从高速公路，到国道，到省道，根据地图，汽车又来到了盘山的乡村公路。路不宽，如果对面来车，自己这边就需要停车。刑天沿着土山盘旋上升，到了山顶，才发现前面还有一座山。

刑天发现手机几乎没有信号，导航也不好。好在眼下只有一条路。刑天感慨教授的先见之明——在听到要去的地方时，教授恍然大悟："我早该想到。我那时候才九岁，确实——你去的时候带上卫星电话。"

盘旋的山路颠簸且危险，刑天虽然仅睡了一小会儿，但一点儿也不敢松懈。下午时候前面终于出现了一个村子，村口立着一块大石头，上面写着"安乐村"。村子不大，房屋从远处看上去层层叠叠的，都是低矮的民房，看不出道观的样子。

村子不大，只有一两百户人家。刑天的外地人特征很明显，但这时候他料想警方还查不到这里，等骆教授的守卫们反应过来，他已经拿到地图前往下一个地点了。刑天径直将车停到村口，在村子的主干道下车，朝着一家小饭店——也许是这里唯一一家饭店——走进去。

小饭店只有四张木桌子。屋角的那张靠最里面，面朝门坐着一个整体都灰灰的女孩子，看上去也就十七八岁大。刑天进门，女孩子迅速看了刑天一眼，就低下头，脸庞黑黑的。女孩子面前放着一碗面，一边吃，一边摆弄着一团餐巾纸。刑天要了一碗面。从昨天晚上行动到现在，十几个小时了，刑天只吃了一些面包和火腿肠。热腾腾的食物此刻是他最希望的。不一会儿，店家端上来一碗热腾腾的面。

刑天盯着面看了半秒钟——面上没有任何蔬菜或者肉，

就仅仅是面——看着老板真诚的笑脸，没有说什么，狼吞虎咽起来，意外的很好吃。一边吃，刑天一边用余光看着墙角的女孩。那女孩儿用一只手一小口一小口地吃面，另一只手摆弄着餐巾纸。有时候放下筷子两只手都摆弄餐巾纸。刑天只觉得这个农村孩子没有什么玩的，自顾自地大口吃面。吃了一大口，突然像想起什么似的，转过头重新盯着女孩子看。

女孩子的桌子上立着一个用餐巾纸做的小作品——刚刚的摆弄，就是做这个——看上去像是一个雕塑的、立体的小亭子，很漂亮。刑天觉得不可思议，他原以为就是简单地摆弄餐巾纸。仔细看这个女孩子——刑天自责自己还是疏忽了——这哪里是什么农村孩子。女孩子穿着厚实的帽衫和羽绒服。帽衫是时髦的样式，灰白色，带同色系的小 LOGO；羽绒服和牛仔裤虽然颜色简单，但一看就是高端品牌。登山鞋是专业的。还有她身边的包，是八十升的户外专用背包，仅仅这一个包就可能接近一万元。女孩子长得黝黑，颧骨高高的，细长的眼睛，厚厚的嘴唇，皮肤很细腻，不像是经常风吹日晒的样子。这样的女孩子走在绿藤市的街上，可能是时髦的潮人。刑天倒吸一口凉气，这样一个山坳坳里面的小村庄，如果不是骆教授说，自己都没有听过，怎么会出现这样一位装备精良的外地人呢？看她无聊时做的事情，即便是一张餐巾纸，在她手里都随便搞出雕塑一样的东西，这人怎么可能是简单的村姑？刑天暗想："糟糕，难道是自己的行动暴露了，骆冰煜提前布置了人在这里？抑或是警察？"

刑天警觉起来。

那女孩儿见刑天瞅着自己，拿起背包朝刑天走过来——刑天坐在整个小饭店靠近门口的位置。女孩儿温和地说："他们家的面很好吃。老板人很好。"女孩子微笑着，露出洁白的牙齿——在刑天看来充满着危险，对方下一步要做什么？

女孩儿见到刑天迟疑的样子："这里不经常来游客，尤其是冬天，快过年了就更少。你来这里做什么？"

刑天一只手已经暗暗扶住了自己的凶器，脸上虽然笑着，但全身的肌肉都紧张起来，准备随时投入战斗。女孩儿瞪着眼睛看着刑天，接着说："理解，不方便说，和我一样。这个时候来这儿的一定都有什么事儿。"

说完，女孩儿转身离开小店。刑天几乎长呼一口气。女店主出来，追上去给女孩儿一包东西："小蝶，女娃不比男人，你住帐篷哪有房子好。要是你还要住几天，过年了还是住到阿姨家来吧，炕上热乎。不收你钱。"

女孩儿笑着："谢谢阿姨，快过年了，我应该也快回去了。"

刑天细心听着，脑海中飞快地搜索小蝶这个名字，完全没有可以匹配的对象，这个样貌的人也没有。教授给自己提供的所有信息中，也从未出现过这样面貌的女孩子。刑天的记忆力很好，几乎可以在几秒内记住他想要记住的所有信息，听过的话语；无论是哪一国语言，他都能够记住，并且原样复述——即便不知道意思。即便这样，他对眼前这个女孩子的印象仍然是空白。

女老板从外面回来，刑天小心翼翼地打听："老板——阿姨，刚才的女孩子是本地人？"

女老板："不是，外地人。你看着不像坏人，不过我可警告你，我们安乐村从一千多年前就在这里，从来没出过什么龌龊事，你可别打人家小姑娘的主意。对了，快过年了，你到我们这儿干啥来了？"

刑天："我是学画画的，父母双亡，过年一般都在外面写生。这次我开着车在吕梁山区写生，开着开着就到你们村了。对了，这里信号不好？"

女老板："信号？可能就没有吧。那些公司来这里安装了好几次铁塔，好像我们这儿还是没有信号，手机那东西在这儿没啥用。我们有电话和电视呀。"

刑天："她看上去不像你们这儿的人呀？"

女老板："和你一样，也是外乡人。前几天才到这儿的。"

刑天："她来干什么？"

女老板上下打量着刑天："反正你别打那姑娘的歪主

意，我们可天天看着呢。"说完女老板转身进到里间。刑天三口两口吃完面，留下费用背着包走出去。

村子真的很小，一眼望得到头，可是教授留的诗句究竟在哪里呢？刑天找到一个空旷的地方用卫星电话给教授拨过去。

"'凤凰鸣矣，于彼高岗。梧桐生矣，于彼朝阳。'这个村在一千年前曾经有一座很有名的道观。只是20世纪50年代的时候道观被搬走了。这句诗应该是指那座道观的，去原址上找，一定可以找到地图。"

挂了电话，刑天朝着村后面的山走去。

后山生长着一些阔叶树木，但几乎没有梧桐树。刑天走了半天，天已经快要黑了，刑天找遍了后山，仍然没有找到一棵梧桐树，更不用说一千年前道观的遗址。连续工作了这么久，刑天的确有些累了。坐在树林里回想起教授描述的关于小蝶的调查：骆冰煜有一位孙女，今年刚满十九岁，叫骆妍，不知道有没有别的名字叫小蝶。骆妍在绿藤市艺术学院上大学一年级，这段时间正在放寒假，应该正在家里。骆教授去世，他孙女是唯一的亲人，正常的话应该正在处理他的后事，目前没有关于她的消息。刑天此刻手机没有网络，无法接收图片信息，通过教授给的内容判断，眼前这个女孩子似乎和骆妍没有什么关系。刑天稍稍放松一点。女孩子刚才的问话也没有什么恶意。

冷风吹得树枝咔咔作响，刑天决定回到村子，在车上将就一宿，明天一早再寻找。下山的时候，刑天走到山脊树木稀少的地方，发现对面的小山坡上有一盏孤零零的灯光，仔细看，是一顶户外小帐篷。刑天猜这应该就是今天遇到的那个女孩子的。临近春节，户外比较寒冷，刑天看到今天那个小店店主带了一包东西，叫住了那个女孩子，并将这包东西送给女孩子。女孩子推辞了一下后收下了，看上去像是毯子。刑天露出一丝笑容，觉得这个村子民风淳朴，暗暗想自己办完事情尽快离开，千万不能破坏村子的这种和谐的氛围。

天色已经灰暗，刑天在寒风中快速下山，跑到自己车子里。裹紧自己的冲锋衣，放倒车座位——实在太累了，虽然很冷，刑天几乎闭上眼睛就睡着了。刚刚睡着，一阵敲窗户的声音就惊动了刑天，多年的训练让他立即警觉起来，也伴随着一丝不耐烦。窗户上映出一张男人朴实的笑容，示意刑天从车里出来。刑天准备好行动，手握着口袋里的金属武器——一种带齿状的、大约十二厘米的金属棒。金属棒有一个小开关，里面是开刃的尖锥——就是这个东西刺进了骆冰煜的胸膛，刺穿了肺部。刑天略微笑了笑，看到男人后面跟着那个叫小蝶的女孩儿。小蝶抱着一包东西，露出关心的表情。

男人用当地口音说："外地人，晚上睡这可是不行，太冷了。"刑天表示没关系。男人接着说："小蝶说你睡在车里我还不信，这咋能行呢，到我家去吧，不要钱。"

刑天："没事的，也就一两晚。"

小蝶朝着刑天笑了笑："听刘婶儿说你是迷路了进村子的？别担心，他们人很好，我到这儿都好几天了。"

刑天愣了几秒钟，意识到今天那个小店的老板应该就是"刘婶儿"。

看到刑天有点拘谨的样子，小蝶意识到了什么，对那男人说："刘叔，我把毯子给他，现在车都好，不漏风。"

那个叫刘叔的还是不放心："你要是实在冷了，就来拍我家门。"用手指指不远处下午吃过饭的小饭馆。然后转身走了。小蝶把毯子直接塞到刑天怀里，毯子毛茸茸的，刑天内心里感到有些温暖。

小蝶："你明天走？"

刑天："可能吧。我想走之前到处转转。"

小蝶："村子一千多年了。因为在山里，几次战争都没有干扰到这里，直到抗日战争的时候来了日本人。"

刑天点点头算是应和。小蝶自顾自说起来："我叫林蝶。来这里写生的。我不住刘婶儿家，是不想麻烦他们。"

刑天对这位林蝶产生了好奇心："写生？"林蝶点点头，转身朝自己的小帐篷走。刑天叫住了林蝶，几乎是人生中第一次主动和陌生人搭话："我也是。"

林蝶转过身笑笑没有说什么。

刑天接着说："我在这个山区写生，跟着路走，结果——"

"今天听刘婶儿说了。我还以为和我一样，被家里人赶到这里来的。"林蝶神色有些黯淡。

"嗯，可以看看你的写生吗？"

林蝶有些犹豫。刑天赶紧从车里拿出速写本递到林蝶面前："我可以给你看看我的，毕竟咱们是——同行。又都在这里遇到了。"

林蝶接过速写本，借着车上的灯光翻开看——这些速写都是刑天在路上匆忙间完成的，专门为了应付这种情况，他知道人们对于学习艺术的学生会天然抱有一些好感。吕梁山区有很多寺庙道观，里面的佛像和壁画经常会吸引一些学习艺术的学生来这里写生。刑天不介意被看成是画画很糟糕的美术学院的学生，因为这样的理由合情合理，即便未来警方或者那些守卫能够调查到这里，也找不到他。

"我——还在学习，画得不好——"

刑天在等着嘲笑和批评，可是却发现林蝶的脸色越来越黯淡，这样的表情让刑天感到很迷惑。

林蝶用低低的声音说："很好了。"把速写本递给刑天转身就走。刑天赶紧跟上去："我一路上都在看风景，也没有正经学过，我知道我画得不好。你——"

林蝶突然大声吼出来："已经很好了！"

刑天非常意外，林蝶的情绪毫无征兆地爆发，晶莹的泪滴从细长的眼角流出来。此刻的刑天像是做错事情却不知道原因的小朋友，手足无措地跟在林蝶身后。走着走着，居然没有注意到一处洼陷，被绊倒。林蝶看到刑天摔在地上，回来将他扶起来。

刑天笨拙地道谢："谢谢。"

林蝶意识到自己的冷漠，转身从帐篷中拿出一大本速写本，擦了擦眼泪："嘲笑吧。"将速写本递到刑天怀里。刑天满脸疑惑，将自己的速写本递给林蝶，翻开这个大速写本。

天哪，这里画的究竟是什么！刑天几乎要叫出来，不知道是帐篷灯光太微弱的原因还是自己视力的原因，为了就着光线看得更清楚，刑天抱着那本速写本蹲在帐篷口，将速写本放在挂在帐篷上的头灯下面，仔细地看。

速写本上画的不是物体、风景、人物、动物、空间、几何，不是任何我们生活中熟悉的、可以感知到的东西，是一些不同灰度、不同形状的块状物的堆叠，看上去却呈现出一种厚度和质感，有的轻盈有的繁重。这样的画面让刑天忍不住去辨认画中究竟是什么，但这是徒劳的——完全无从辨别，也很难准确地描述。画面没有速写常用的线条或者灰度色块，几乎没有一条完整的线条，也没有一个确定的灰色，但是每一幅速写都神奇地呈现出立体的感觉。刑天一页页地翻看着速写本，陷入某种混杂着惊诧、崇拜、惶恐的状态，似乎自己在另外一个时空——可是这种感觉分外亲切，好像自己曾经生活和经历过的，有一种熟悉的味道。

林蝶赶紧从刑天手中抽走速写本抱在自己怀里。刑天意识到自己的失态："对不起，我——"

"不用道歉，几乎每个人看完都是你这表情。"林蝶此刻没有流泪，露出一副冷漠的表情，抱着速写本站着。刑天想要站起来，可是蹲的时间有点长，一下子跌倒在帐篷里，有点尴尬地说："腿麻了。"

林蝶没有看他："你可以休息一下。我在这里等着。腿好一点就赶快回你的车里吧。"

"谢谢。那个——我——很喜欢。"

林蝶冷淡地说："没有必要。"

"我真的——"

林蝶转过身："你真的看得懂吗？"

刑天被林蝶突然这么一问，有点语塞："不重要！有些画就不是需要被看懂的。就像马勒——"

林蝶再一次转过身："可是我要等人看懂才能回家。"

刑天觉得很奇怪："什么？什么意思？"

林蝶："我要让人看懂我的画才回家。"林蝶低下头，刑天从他的角度看不到她的脸，可是能够感觉到她很悲伤。不知道为什么，刑天很想安慰她。

刑天："快过年了，你爸爸妈妈——"

林蝶打断了他的话："我父母两年前去世了。我只有爷爷。"林蝶低着头。

刑天突然有点心疼眼前这个女孩子，和自己的身世相似，父母都仅仅是从小到大记忆最深处最温暖的碎片。刑天面对这个仅仅才认识不到半天的女孩子，有一种说不清楚的亲近感油然而生，似乎林蝶身上有某种吸引力，让自己放弃之前的谨慎和冷漠。鬼使神差地，刑天居然安慰起林蝶："我和你一样。"

林蝶："什么？"

刑天："我从来没有见过我爸，我出生的时候据说他已经去世了。妈妈的样子也几乎想不起来了，妈妈去世的时候我八岁。"

林蝶露出悲伤的表情："原来你也——"

刑天："我记不清楚妈妈的脸，不过我记得她很漂亮，手很温暖。我记得妈妈经常给我看一些画，给我讲那些画的故事。结果我画得不好，只记得妈妈讲的关于画的故事了。"

林蝶："我妈妈也会给我讲很多故事，关于吴道子、凡·高。从小到大一直是妈妈陪着我。我从小就和别人不一样，妈妈告诉我，我的眼睛是老天给我的礼物，我就像鸟儿，有一天可以凭着这个礼物飞。"林蝶露出向往的笑容，像是明媚的阳光，随后又黯淡下来："可是除了父母，没有人能看懂我的画，我也考不上大学。他们那天带着我的画去见季教授，希望教授能指导我，让我考上大学。结果——"林蝶记忆深处最黑暗的一幕涌上现实。事实上父母去世的时候她并不在现场，她和爷爷是在太平间里见到父母最后一面的，那时她的父母已经去世好几天了。可是由于林蝶特殊的眼睛，通过父母遗体上小小的痕迹，林蝶就已经联想出车祸发生时的惨烈景象。她爷爷也并没有告诉她，她的父亲是在医院里才去世的——也许觉得这一点并不重要吧——但这也是骆冰煜作为守卫的疏忽之处，他轻视了下一任守卫的强大。

林蝶满眼都是泪水，泪水无声无息地在脸上流淌。她说："这两年，每到过年，我和爷爷都尽量不聚在一起，我们都害怕那种阖家团圆的感觉。"

刑天看着林蝶，眼神中尽是关心，默默地给林蝶递上纸巾，将毯子披在林蝶身上："我知道这种感觉。每年到过年别人阖家欢乐的时候，我就一个人出来写生。我一直告诉我自己，我也曾经阖家团圆过。"刑天说的是真话，阖家欢乐对于刑天来说是可望而不可即的奢侈品。每到快过年的时候，刑天都希望教授能给自己安排很多工作，这样他就不用一个人看着全世界的欢乐祥和。林蝶表情缓和了一些，虽然人类的悲欢并不相通，但和自己命运相似的人还是容易产生共鸣，林蝶这样认为——此刻的她并不知道，这种共鸣事实上还有更加确切的意义。事实上普通人在生活中也会有这样的感受，和一个陌生人产生一些莫名的同理心和亲近感，有时候这种现象会发生在特定的对象身上——他们此刻还不知道的更为隐秘的原因。

两人一起望着星空，各自回忆着记忆深处的那个代表着爱的人。很奇怪，在这个废墟里，两人都觉得很亲近，就这样坐着不说一句话，两人并不觉得寒冷孤单。

不知道过去了多久，刑天打破了安静："你的画，我——真的很喜欢。"

林蝶看着刑天。

刑天担心她突然下逐客令。林蝶苦笑了一下："不用安慰我。"

刑天："真的。我觉得你画的是一些质量和体积，或者空间和时间。不是我们看到的世界，是——"

林蝶："我看到的世界。"

刑天点点头："所以你是天才。"

林蝶："希望我爷爷也和你一样想。今年爷爷给我出了题目，他叫我找到能看懂我的画的人，再回家。"作为亲爷爷为何要在过年的时候给孙女提出这样严苛的要求，刑天不明白，也有些愤愤不平，脸上很明显表露出这样的表情。

林蝶却笑了："爷爷很爱我。他知道不给我出一道题我是很难挨过这几天的。"

　　刑天释然了，有时候最亲近的人才会想办法解决真正的问题，哪怕解决办法在外人看来不近人情，刑天甚至有点羡慕林蝶有这样一个爷爷。此刻的林蝶确实需要一个理由让她孤单的这几天可以忙碌地度过，这可能是最关爱的表现了。

　　"那你爷爷这几天怎么过？我是说——过年？"

　　林蝶抬起头来，看着刑天："爷爷？他把自己埋进书画当中。你呢？除了爸爸妈妈，还有亲人在这个世界上吗？"

　　刑天摇摇头："没有其他人了，至少我不知道。大概八岁的时候，我被人收养。我叫他教授，教授把我养大。"刑天转过头看着林蝶——林蝶其实很动人，是不传统的美丽，像是电子游戏中的女战士一般脸上棱角分明，细长的眼睛、长长的睫毛和厚厚的嘴唇，目光很柔和。她看着你的时候，目光像是一双温柔的手，轻轻地抚摸着你。

　　林蝶："那你画画是教授教你的？"

　　刑天摇摇头："我记得妈妈教我画画，后来教授也很支持我学习。不过我是没有任何绘画天赋的人，我只关心那些故事，我一直都记得妈妈告诉我关于吴道子的故事，还有元日的'千官列雁行'。"

　　林蝶突然说："我画的就是'千官列雁行'的朝元图，

一部分。"

刑天非常惊诧,他想过很多现代派、野兽派、抽象派或者后现代的画法和表达,比如达比埃斯、蒙德里安或者波洛克,但是万万没有想到林蝶画的居然是这么"传统"的朝元图!

林蝶悠悠地说:"我的眼睛——和你们不一样。我看到的,就是我画出来的。我看不到很多你们看到的东西,比如一张纸、一条线。我看到的东西都是立体的。"

刑天:"什么叫看到的东西都是立体的?"

林蝶:"我不知道平面是什么。我看不到树叶,只能看到一些有厚度的叶绿素在一起挤挤挨挨地游动,它们有厚度,像是巧克力糖;我看不到纸,也只能看到一个白色的长方体,只是这是一个有点扁的长方体。"

刑天有点不理解:"所以你只能看到微观的东西?"

林蝶:"不是。我的眼睛天生就有病,像是鸟类,我可以根据我的需要调整焦距。当我需要看到微观的,比如树叶,就可以看到,如果看一座山,也可以。只是我不理解什么是平面,也不理解什么是透视。我可以看到远处的东西,就像它们在近处;可以看到很小的东西,它们会自动被放大到我眼前。"

刑天第一次听说有人是这样的,表现出显而易见的惊讶:"就像……山水画……古代的……没有透视的……"

刑天说话变得结结巴巴。

林蝶笑了笑："吓到你了？你从山上下来，我就知道你住到车里了。所以我叫刘叔去叫醒你，给你被子。"

刑天喃喃地说："谢谢。"

林蝶淡淡地笑了笑："我看得出来你很累了，快点休息吧。"

刑天："我，叫刑天。"刑天看着林蝶的侧脸："我可以做你的朋友吗？"

这一次林蝶没有看他，而是盯着天上的星星，目光温暖而光亮，笑着："好啊！可是你不在我的世界里。"

刑天："我们现在不是在一个世界吗？"刑天露出真诚的目光。

那一晚，刑天睡得很踏实，陌生人的没有条件的关心带来一种温暖感。第二天一大早，在太阳还没有升起的时候，刑天已经从车里醒来。下车简单地做几下拉伸运动之后，刑天开始跑步——单纯的运动，一晚上在车里，腿脚多少有些不灵活了。不知道什么原因，刑天朝着那个叫林蝶的女孩儿的小帐篷跑过去。

林蝶的小帐篷没有什么动静，她似乎仍然在睡觉。刑天朝着小山坡跑上去。到小山坡上，眼前的景象却让自己大吃一惊——山坳处生长着粗大的梧桐树，一直绵延到对面的山坡上，树木之间，显露出几处飞檐、残垣。刑天非常欣喜，赶紧跑下山去。

这里明显是一处道观的遗址——事实上林蝶小帐篷的位置也是道观遗址的一部分，只是不看到后面，仅仅看到一些泥土和断瓦猜不出来。现在刑天所处的应该是道观的核心地带，还能看出来一座规模不小的大殿。屋顶的瓦所剩不多，墙面有很多缝隙。出檐深远，斗拱比例较大，柱子虽然已经千疮百孔，却十分粗壮，可疑的是柱子为石柱，而不是惯常的木质。抬头向上看，草栿下层梁，铺作层明栿草架承托整个屋顶荷重——刑天判断出这是隋唐时期的建筑风格。可是石柱似乎是晚近一些年代的。大殿的墙壁上什么都没有了，仅仅有一些线条可以遥想当年"千官列雁行"的壁画。走出大殿，地面到处都是碎瓦和石柱，地板是石块铸就的，已经被青草厚厚地覆盖，而这些石块的下面，有没有更多的遗迹，谁也说不清楚。如果不是有一座大殿屹立着，标注这里曾经可能的用途，现代人决计辨认不出脚下精心刻画的石块曾经属于一座规模恢宏的道观。刑天知道自己已经找到了——方圆几百米甚至更大都是遗迹所在地。

"凤凰鸣矣，于彼高岗。梧桐生矣，于彼朝阳。"这一面的山坡朝东，整个道观的遗址面东偏南背西偏北，朝阳初升时，阳光刚好可以通透地穿过整个道观，几乎每一个角落都可以被阳光唤醒。刑天想象着道观一千年前的繁盛景象，几乎要留下泪来——这里承载了方圆百里或者千里多少人的悲欢离合、心愿和诅咒。可是这句诗所指的墙壁应该是当初的哪里呢？

"这里飘浮的空气似乎都充满着各种声音。"林蝶不知道什么时候来到这里，悠悠地说。刑天暗暗自责为何自己降低了警惕，不过立即就释怀了：林蝶和其他人不一样。几乎同时，刑天因为自己产生这样的想法而感到迷惑，林蝶已然进入自己的心里。

刑天难得露出的笑脸，在阳光中显得闪闪发亮——如果不是背负着教授的使命，单看刑天的样貌，他是一个阳光的男孩子的样子。只是这样的笑容对于刑天来说太少见了。刑天自己也并不清楚为何林蝶有这样的力量，能够牵引自己的阳光的一面，也许林蝶比自己更绝望和可怜吧，或者还有什么别的原因？刑天很诧异一瞬间自己想到这么多，林蝶已经来到眼前。

"你在找东西？还是准备画这里？"

刑天依旧笑着："都是吧。这里应该是一个遗迹，也许有宝贝！"

林蝶："这里在一千年前是一处很有名的道观，规模很大，叫安乐阁。一直到清代都香火旺盛。可是清末民初的时候渐渐衰弱了。20世纪50年代初有一批考古专家发现了这里令人惊艳的壁画，东西壁都有完整的朝元图，这里才又被世人所熟悉。"

刑天："可是现在这样？"

林蝶："也许是命运使然。整个这个区域在20世纪50年代的时候要修建一个水库，包括安乐村和这座安乐阁都在水库的范围内。那个时候，动员了很多艺术家和工匠将这座道观整体搬迁到距离这里三十公里以外的另外一处道观了。所以这里就变成现在的样子。"

刑天暗暗想：这个故事教授给自己讲过，所以这里的确是自己就要寻找的地方。

刑天继续在遗迹上寻找。林蝶忍不住上前："你在找什么？我也许可以帮你。记得吗，我的眼睛和你们人类不一样。"林蝶笑着，像个天使。

刑天含混地说："我听过一首诗，有一个传说，这个诗其实是一个谜语，会带我们找到宝藏。"

林蝶笑着："我可不相信什么宝藏，这里都已经被搬迁了，要是有宝藏，早就被搬走了。不过是哪一首诗？"

刑天叹口气，说："凤凰鸣矣，于彼高岗。"

林蝶接上了后半句："梧桐生矣，于彼朝阳。"

刑天："你也知道这首诗？"

林蝶笑着："我读过书的好吧。"

林蝶念着这首诗，抬头看看太阳，初升的朝阳令林蝶抬手挡在额头上形成一个小阴影，刑天突然觉得林蝶很可爱。林蝶转着圈，指着一处废墟说："应该在那里。"

刑天有点费解，回忆骆冰煜的留言："跟着这句诗找到道观的墙。墙角下。朝阳初升时。"此刻确实是朝阳初升时，但为什么是那里？

林蝶见刑天疑惑的眼神，笑着解释："你的那句诗，是说'凤凰鸣矣，于彼高岗'。那边的墙砖上面画的就是高岗上飞舞的凤凰；'梧桐生矣，于彼朝阳'，这周围的梧桐树，在现在的阳光下，都朝向那个方向。将这两句综合起来，应该就是那边的废墟。"

刑天很吃惊，他完全没有看出来那边已经被青苔和荒草覆盖的墙砖上画着高岗和凤凰。但是想到林蝶特殊的眼睛，他相信了。他走过去开始清理杂草。搬开一块厚重的墙砖，墙砖上仅剩了一点点夯土层，上面隐约显露出类似凤凰或孔雀尾部羽毛的线条。刑天很兴奋："你真的可以看到！"

林蝶："当然了！"自己一直被视为异类的眼睛能帮到别人，林蝶很开心。两人一起在这片废墟上开始工作。到中午时分，几乎复原出了一只凤凰的样子。这片废墟下面的土层也渐渐显露出来。没有地图。刑天从车上拿下来工具，继续挖。

在挖的过程中，刑天隐约觉得周围有人在靠近，慢慢挪到一处断墙背后躲起来。林蝶完全没有感知，由于视力不同，她似乎有所发现，兴奋地关注着脚下，甚至不知道刑天已经离开。

林蝶的背后，沈桐离正悄悄地靠近，一把勒住林蝶的脖子。正在此时，刑天冲出来一脚踢倒沈桐离，将林蝶拉到自己身后。风世彦一边喊着"沈桐离"一边赶到，从地上扶起沈桐离。刑天眼疾手快地将风世彦也踢倒。

沈桐离用手指着林蝶和刑天："是他们！凶手就是他们！"

风世彦正要说话，刑天的拳脚迎面就来了，风世彦不得不迎战。沈桐离不擅长打斗，准备偷袭林蝶。刑天一边保护林蝶，一边同时对付两个人，还好他从八岁起就接受专业的训练，但现在的难题是一边对付这两人，一边保护林蝶，她受到伤害是万万不行的。刑天的保护欲被激发出来。风世彦和刑天打斗时心里有一些疑惑："眼前这个人明显接受过专业的格斗训练，身手不凡。他是谁呢？身形和黑衣人很像——当然和沈桐离也很像。"

06

时间倒回到前一天早晨。

沈桐离回到住处几乎没有任何犹豫，简单收拾了几个包就赶紧出门直奔火车站。风世彦一直跟在沈桐离身后。

高速列车缓缓开动，沈桐离靠着窗户陷入回忆。他不知道，同一辆车的另一节车厢上还有一个人与他同往，风世彦在列车开车前一刻飞奔上车。列车开出城市的时候，他已经悄无声息地坐到了沈桐离的附近，监视着沈桐离的一举一动。

　　沈桐离回忆起了一个月前，骆冰煜教授在电脑上打开《八十八神仙卷》的电子版，把自己叫到身边，一起看着电脑屏幕。

　　骆冰煜："桐离，你舅爷给你讲过这幅画的故事吗？"

　　沈桐离看着电脑屏幕上的白描人物画，看到一个个飘飘欲仙的人物，咧开嘴笑了。沈桐离嘴特别大，骆冰煜觉得沈桐离咧开嘴笑起来，露出的牙齿比别人都多。

　　几乎是一瞬间，沈桐离回到了小时候，在绿周市的家里。舅爷就坐在自己旁边，正在告诉自己："这是一幅神奇的画，画了很多神仙，金童玉女带着礼器、花果，去朝拜一个叫元始天尊的神仙。这些人行走在一座桥上，衣饰飘飘，每个人都神情庄重肃穆又慈祥和蔼。"舅爷告诉沈桐离，那时候世界上最著名的一个画家吴道子画了这幅白描人物画。沈桐离也问过舅爷，为啥这些人没有涂颜色呢？舅爷告诉沈桐离，这幅画是绢本小样。以前的人在寺庙的墙上画上朝元图，寺庙的墙壁很长、很大，画壁画需要几十或上百个画工画好几个月，这么多的人怎么画得风格一致呢？那么大家都需要照着同一个样子来画，这就是绢本小样。在吴道子的年代，因为吴道子是画得最好的人，所以他就先把需要在墙上画的画画到绢上，其他的画工照着画就行了。画工钩好线条之后，再上颜色。沈桐离很奇怪，真正寺庙里的壁画就像是小时候去过的石窟里面一样，是很大的，这么小的绢本小样怎么才能一模一样地放大呢？舅爷笑着没有告诉他。

沈桐离的思绪又飘忽到一座特别大、气势恢宏的寺庙上，两边墙壁上画工们正在画壁画。不知道什么年代，人们穿着粗麻的袍子。吴道子拿着绢本小样指挥众多的画工，墙面已经有了黑色的人物线条，人们在吴道子的指挥下给人物填上色彩。寺庙的墙面有两面，所以壁画是两幅，一幅东壁的，一幅西壁的。画工众多，没有谁留下名字，沈桐离在忙碌的画工中穿梭，似乎有些人很熟悉，却没有人和他打招呼。

一瞬间，沈桐离又回到了骆冰煜教授的办公室，在电脑前看着这幅白描长卷的电子版。骆冰煜正在给自己讲："因为吴道子画画非常好，好到大诗人杜甫专门写了一首诗来描写吴道子画的画："画手看前辈，吴生远擅场……五圣联龙衮，千官列雁行。"阳光照着骆冰煜的笑脸，沈桐离有一些恍惚，想到自己看到的骆冰煜的尸体，不禁悲从中来。

骆冰煜笑着说:"画工就像是现在搞装修的施工队。而吴道子就像他们的经理。"沈桐离笑起来,骆冰煜一边笑着一边说:"东西方都是一样,在大家认识到艺术的重要性之前,画画和雕塑的人,一直是不留名的。秦始皇的兵马俑、罗马尼禄大帝时期的浮雕都是一样。米开朗琪罗和吴道子,拉斐尔和武宗元,谁说他们干的事情不是现在意义上的'装修'呢?我们研究的艺术,离开人们的生活、离开人们头脑中的信仰,又能剩下什么呢?艺术家,不能高高在上。"

沈桐离问了那个问题:"画工们怎么才能放大绢本小样呢?"

骆冰煜笑着说:"光呀!你不会不知道的。"骆冰煜越走越远。沈桐离在列车上惊醒。

不远处一直盯着沈桐离的风世彦发现,似乎陷入沉睡中的沈桐离有一些不同寻常,不好形容那种感觉,像是一台连接到高速网络的电脑被关上了屏幕,虽然处理器一直在高速运转,但外表是关机状态。

风世彦一刻不停地盯着沈桐离,眼前似乎出现了古代的场景,只是这个场景像是玻璃上的镜像,不清晰,也不确定。又出现骆冰煜的场景。风世彦觉得很奇怪。直到沈桐离被惊醒,风世彦长吁一口气,虽然他自己是清醒的状态,但也似乎从一种梦魇中醒来一般,这是一种很奇怪的感受。

如果不是接受了十几年的高等教育，刚才的状态真的让风世彦以为自己撞鬼了。

沈桐离擦了擦汗，立即看到了正在关注自己的风世彦，突然明白自己的一举一动都在警方的监控之下。他索性拿起衣服，坐到了风世彦对面。

沈桐离："你们是跟着我来的？"

风世彦笑着说："我们就是担心你不安全。"

沈桐离："那好，咱们一块去吧。"

两人多少有些尴尬，风世彦打破了话题："你说的那幅画，就是画了很多人的那幅，叫什么？"

"《八十八神仙卷》。"

"对，《神仙卷》。那画很值钱吧。"

"不知道。不过从一千多年前起，这两幅画在每个世纪都会被那个时代的人临摹下来。最初的卷轴据说是吴道子画的。我们展出的这一幅，不知道是哪个年代的摹本。"

"你刚才说两幅？"

"对，朝元图是两幅。我们的画展上展出的，也是骆教授最后——"沈桐离有一些哽咽，"离去的地方是寺庙的东壁绢本白描小样,应该还有一个长卷是西壁的朝元图。"

风世彦："你去安乐村是找这卷西壁的朝元图？"

沈桐离："我判断，他们杀死骆教授就是为了西壁朝元图，教授给我留下的谜题也是叫我去安乐村找西壁朝元图。"

风世彦追问:"你可以给我们说说教授吗?他怎么告诉你这些的?"

沈桐离没有回避,给两位警察讲起来。

一个月前,骆冰煜给沈桐离安排一道题:假设即将展出的《八十八神仙卷》是寺庙东壁的壁画,那么西壁会画些什么呢?

沈桐离查了很多史料,也专门研究了《八十八神仙卷》上的各类人物。《八十八神仙卷》上有三位带有头光的主神,六十七名金童玉女,十名武将,七名文官。根据杜甫的诗"五圣联龙衮,千官列雁行",假设共有五位主神的话,留存下来的绢本小样画了三位带有头光的主神,那么对面西壁上的那幅画,应该有两位主神,可是壁画一般都是东西对称的,东壁上的人物和西壁上的应该有一定的对称关系。所以西壁上的主神也应该是三位。可是这样主神就是六位,那么和杜甫的诗句就不相符合。沈桐离觉得自己没有办法解决这个问题。他去找骆冰煜教授,教授却告诉了他另外一件事情——清仿宋画《山乐》中的秘密。这是沈桐离意料不到的。

《山乐》原本是一幅宋画,原作者是宋画界的鬼才马远。可是原画不知道什么时候被遗失在民间,不知所终。清朝时期民间出现了一幅仿的《山乐》。这幅《山乐》看上去像是一幅水墨山水画，事实上却是一幅风俗画。画中山路上载歌载舞的五个老汉才是整幅画作最有趣味的所在。那时正在准备"春之元"展览，这幅画的原作已经在美术馆地下的库房里。大约案发前一周的一天，骆冰煜叫沈桐离来到库房，《山乐》靠在库房的墙壁上。

骆冰煜："桐离，你能不能看出这幅画有什么有趣的地方。"

沈桐离："这五个载歌载舞的老人，我觉得最有趣。"

骆冰煜："桐离，你仔细看看这五个老人，有没有什么新的发现。"

这五个老人，最前面的一个老人拎着酒壶，留着山羊胡子，另一只手回头指着后面的四个，似乎在叫自己的伙伴快一点，脸上露着笑。距离这个老人稍远一点，四个老人一字排开。每一个都手舞足蹈，有两个老人嘴也是咧开的，似乎在唱歌。沈桐离不禁赞叹："这些老人也就一厘米多高，但是画得这么惟妙惟肖，真的很佩服古人的技法。"

骆冰煜："你再仔细看看这条山路。"

沈桐离又仔细地看了看这条山路。山路蜿蜒深入深山当中，山路非常窄，却是多点透视。山路、大山，以及山中的树木画得都极富立体感。这时骆冰煜教授在沈桐离的旁边提醒他："仔细看看这条山路。"

沈桐离还是不明所以。骆冰煜教授等了一会儿，看到沈桐离迷茫的眼神，摇了摇头，突然看了看周围的环境，于是将窗帘全部拉开，又将房间的灯打开。沈桐离又仔细地看了看这条山路：在第五个老人的后面，似乎有一丝阴影，山路上也有一些黑色。最妙的是山路两旁画了一些细微的植物，而在阴影位置的植物，似乎线条有一点断开。沈桐离又凑近看了看，呐呐自语："是不是清朝时仿错了，难道这里曾经还有一位老人？"

骆冰煜微微笑了笑："这是绢画。绢本身会有经纬度，经纬线之间会有一些空隙。在裱画的时候，在绢画的背后会裱一层附着物，时间长了之后，颜色会渗透到这层附着物上。事实上，很多绢画都不能重新裱，因为揭开绢，绢丝上的线条和设色就都损失了。因为绢画的这个特点，在光线均匀的时候，应该可以呈现出绢画最细致的部分。"

沈桐离仍然很疑惑。

骆冰煜笑笑："你看到的，其实是绢背面装裱时的痕迹。这幅绢画被修补过。修补的时候，其中的一部分缺失了。"

沈桐离不禁感叹："真可惜！"

骆冰煜笑着说："不可惜，是我修补的，缺失的部分也是我丢掉的。"

沈桐离惊讶得说不出话来。

骆冰煜笑着："这幅画是一个线索，藏着一个秘密。你刚才猜的很对，还有第六个人。这幅画原本就画了六个人。

可是当第六个人出现的时候，往往就是这个秘密藏不住的时候。"

沈桐离有些疑惑地看着骆冰煜，心里想：这是个什么样的秘密？

骆冰煜："如果有一天，你在这幅画上看到第六个老人，就去找这个秘密，不要耽误。到时候，我会给你关于解开这个秘密的所有线索。"

沈桐离："什么样的线索？"

骆冰煜笑笑："到时候你就知道了。记住，你看到的，就是真实的。有时候你要相信你的直觉。当然，这幅画中还有很多有趣的东西，比如山上的植物。"

沈桐离把眼光移向整幅画：陡峭的山岭中，有很多苍翠的树木，和挺拔峻峭的山石相得益彰。

骆冰煜问："这些山上生长的植物是什么，你认得出来吗？"

沈桐离："这幅画仔细一看很奇怪，似乎画上画的都是梧桐树。不过，似乎这几个老人也是为了说明这一点：他们正在载歌载舞，每个老人似乎都在做拿着乐器的动作。天空中有星宿，林间的飞鸟也不是平凡的飞鸟，而是——天哪，是凤凰！"

骆冰煜微笑着点点头："桐离，希望你能记住你的这些发现。你舅爷是不是以前跟你说过什么？"

沈桐离："舅爷曾经跟我说过一幅画，画的是梧桐和凤凰，不知道是不是这幅，他说那幅画是在画一首诗'凤凰鸣矣，于彼高岗。梧桐生矣，于彼朝阳'。"

骆冰煜点点头："我就知道一定可以相信墨钤这老顽童。这是《诗经》中的诗，记住，这首诗是一个地名，叫安乐村，在山西。"

沈桐离重复念着："安乐村。"

风世彦恍然大悟："原来骆教授提前告诉了你这些。我说呢，那幅画把鸟的尾巴画得那么长，尾巴太长的鸟儿根本飞不起来。难道他知道他会被害？"

沈桐离陷入黯然。风世彦岔开话题："骆教授最近有没有什么特别的地方？"

沈桐离摇摇头："没有。"

风世彦："你和骆教授平时不会聊这些吧，平时也聊画？"

沈桐离点点头："是的。他会时不时叫我去办公室或画室，和我说一些关于画的事情。"

风世彦："沈桐离，骆教授说《山乐》中第六个人出现的时候要去找一个秘密，可是他并没有说是关于西壁朝元图的呀。"

沈桐离："我舅爷和骆教授半生都在研究和保护朝元图，找到西壁朝元图也是他们的理想。"

风世彦仍然将信将疑。

沈桐离："骆教授告诉我秘密就在朝元图当中。教授死亡时的姿势——"沈桐离眼眶红红的，有些哽咽着说："就是第六位老人的姿势。刘警官，你想象一下，假设教授是站着的，是不是就是这样的姿势？而且教授告诉过我，由于光线，我们必须透过玻璃罩看到绢面的本真。所以，我看到第六个老人手指的方向，就是龟兹乐坊。"

风世彦恍然大悟，的确，教授去世时奇怪的姿势和他画的第六人的姿势相同，可是这真的代表要去找西壁朝元图吗？或者还有别的暗示？于是问："龟兹乐坊又有什么含义？"

沈桐离摇摇头："我不知道。等到了安乐村就知道了。教授曾经跟我说过，还需要找一个人。"

风世彦带着有些调侃的表情，说："不会又和诗有关吧？又从《诗经》中找的？"

沈桐离听出了调侃，白了风世彦一眼："教授是以画为生的人，颜色、线条、水墨在他眼里都是灵动的生命，就像我舅爷。"

风世彦追问："所以代表那个人的是哪两句？"

沈桐离："黄绢幼妇，其实昕晰。"

风世彦："这和代表你的那两句一点不挨着呀？"

沈桐离没有回答风世彦的话，他明白骆教授的所指，是色彩、线条的对仗，而不是诗文本身，两句不相干的诗组成的，恰好是一幅画。

风世彦倒也聪明："指一个女子吧。"

风世彦默念着沈桐离说的两句诗："如果你说的是真的，黄绢是指有颜色的绢丝，黄不是指黄色，而是有颜色。黄绢——应该是'绝'字。幼妇一般指年轻的女孩子，年轻的女孩子引申为'妙'字。"风世彦看着沈桐离。

"这两句是骆教授自己填上的。所以，教授写下代表我的两句诗，是为了指引我找到这两句——是一个叫绝妙的女孩子？"

"现在还不知道'绝妙'这两个字是不是指人的名字。教授还给你讲过什么？"就像是做化学实验时遇到了可以和你一起添加试剂的同学，沈桐离和风世彦活络起来。

风世彦不知道应该不应该相信沈桐离，这个案件和沈桐离这个人都太奇怪了。可是此刻只有顺着线索找下去才能接近真相。

07

明力再次来到美术馆的时候，曾宣在忙碌地处理事情。"春之元"画展短期内不可能开幕了，发生了凶案，目前三楼展厅仍然被警方要求封闭着。曾宣需要处理很多已经派发出去的邀请函。当然，另一边，对于骆冰煜的突然离世，曾宣一时间还不能完全接受，只好用工作缓解自己的悲伤和恐惧。明力来找曾宣了解情况。

明力自然地想到陈立提到的关于美术馆和李德集团的交易问题。

明力："曾馆长，没有打扰到您吧。"

曾宣："我现在没有什么事儿，不过要在这里等待布展工作结束，检查大家的工作。所以，咱们可以用这个时间聊聊骆冰煜教授。"

明力暗暗想，这真的是一个聪明的女人。

明力："教授留下那八个字，我们听说还有下一句？教授以前给你提到过吗？"

曾宣："其实我之前并没有听过下半句。后来听教授给沈桐离说过，应该是他自己创作的。黄绢幼妇，其实昕晰。黄绢是指有颜色的绢，引申为绝字；幼妇指年轻的女子，应该是妙字，合起来是指一个叫昕晰的漂亮的年轻女孩儿。"

明力点点头："那么你知道是谁吗？"

曾宣摇摇头："如果名字是叫昕晰，那么我们周围都没有叫这个名字的女孩子。"明力盯着曾宣看。

曾宣："你们现在应该是怀疑一切和骆教授有关的人，我猜你也怀疑我。"

明力："当然不是，这句绝对不是指您，您也不是幼妇啊……"明力正说着，看到曾宣变了脸色，赶紧收住话头，赶紧找补："我是说您没有那么年轻——不是——我是说您比较成熟，我是说幼妇至少和您这个女强人不符合。"

明力似乎越描越黑，自己也有点语无伦次。如果说刚才是无心的话，现在就是故意贬损了。看着曾宣越来越冷的脸孔，明力此时不知道该说什么才好，慢吞吞地小声说了一句："对不起。"

曾宣有一点咄咄逼人："你能加两个字，让你的态度看上去更诚恳吗？"

明力："对三，要不起。"

曾宣有点被他逗笑了，不过碍于面子又不得不绷着。

曾宣缓和了一些："你认为我是玩扑克牌的人吗？"

明力："当然不是。所以我和您说的是文化，骆教授和沈桐离到底关系如何？"

曾宣缓了缓，想这才是这位警官来的目的。曾宣也没有什么可以隐瞒的："沈桐离来美术馆大约一年了。他的舅爷墨铃曾经是骆教授最好的伙伴，也是我很敬重的学者。可是自从墨铃教授的外甥夫妇，也就是沈桐离的父母去世后，墨铃就带着当时仅六岁的沈桐离去千格地区生活。到去年，墨铃才将沈桐离送到这里来，委托骆教授照顾。可惜沈桐离已经失去了最好的时间。"

明力："什么意思？"

曾宣："从艺术的角度，沈桐离是天生的艺术家，对于水、墨、色彩都有天生的敏感，可惜虽然有墨钤的言传身教，但并没有绿藤市这么好的学习条件，所以沈桐离至今在绘画方面仍然像是一块璞玉，还没有经过雕琢。"

明力："沈桐离在美术馆仅仅是一个临时工？"

曾宣显得习以为常："美术馆员工的最低学历是研究生，而且我们对于员工学习的专业和毕业的学校是很挑剔的，骆教授也是这样要求的。沈桐离仅仅是高中毕业，能够成为美术馆的临时工，已经是骆教授对他的照顾。"

明力："骆教授有没有其他特殊的照顾，对于沈桐离？"

曾宣："骆教授是我认识的最公正无私的人。他私下会照顾沈桐离的生活，也很欣赏他的才华，但在工作上不会为了他网开一面。"

明力点点头："骆教授在你眼里很公正无私。"

曾宣："当然。学术界也有共识，这个你们可以调查很多人。"

明力："美术馆的财务是你在管理？"

曾宣点点头："所有的工作原则上都是骆教授管理，目前财务是我分管。"

明力："你们和李德集团的合作我想了解一些细节。"

曾宣短暂地迟疑了一下，接着说："这个，你们可能已经知道了，李德集团的董事长辛宇琦是我的前夫。本着回避原则，和李德集团的所有合作我都不参与，是骆教授亲自负责的。"

这个结果和明力调查到的相同。

曾宣："事实上我当初反对和李德集团的合作，可是反对没有什么用处。李德集团的合作项目具体是林慧完成的，就是骆妍的妈妈，也是骆浚的夫人。"

明力："那么你从来没有关心过李德集团合作的项目吗？"

曾宣苦笑了一下："你一定想问那八百万元的事情吧。我是这个美术馆主管财务的副馆长，怎么可能不知道。"

明力等着曾宣自己继续往下说。

曾宣："那八百万元打给辛宇琦是用来购买画了。"

明力："画？"

曾宣点点头："就是展出的《八十八神仙卷》。"

明力："如果是正常的开支，为什么要隐瞒呢？"

曾宣："其实这也是我想要知道的。这幅画一定和五十多年前的搬迁有关。"

明力："五十多年前的搬迁，那时候骆教授才几岁吧？"

08

"五十多年前！"风世彦露出不置可否的表情。

沈桐离笃定地背起包跟着人流下车。

下了火车，沈桐离准备去买大巴车票，被风世彦一把拉住："坐我们的车去。"

两人上了一辆当地警方提供的汽车。风世彦开车，路上，沈桐离给风世彦讲了关于五十多年前那次离奇的搬迁。

那是20世纪50年代初，人们关注工厂的生产，关注农作物的长势，农村有很多人努力地学习认字，城市里大家努力不饿肚子，穿着差不多的衣服，过着差不多的生活。艺术是生活中的另类，尤其是那些一直都在研究艺术和艺术史的人——在大多数人眼里，艺术是没有什么用处的。骆元那时候经历了很多战争，死人见得多了，反倒是看淡了生死，在安乐阁里守着祖宗的壁画，能吃饱肚子，有衣服穿，生活得心满意足。

村子里的道观据说从南北朝时期就有了，以前是方圆百里最大的道观，那是在骆元的祖先的时代。从留下来的家谱看，那时候百姓们会经常来道观里，存放自己的悲欢离合，寄托自己的心事和信仰，更多时候在这里治病。那时候道观里香火旺盛，道观两边的墙壁连绵数百米长。到唐朝时候，全国最好的画师吴道子都来这里指导画壁画。骆元的祖上应该就是其中一名画工。到骆元小时候，不知道什么原因，道观衰落了，人们不再到这里寄存信念和信仰。只有骆元一家还在修护那些墙上的壁画，一些墙壁倒下了，一些旁边的房屋也倒了。骆元大概十岁的时候，村子里的学校没有教室，为了生存，道观被骆元的父亲改成了小学校。安乐村的孩子们在这里上学，骆元是孩子王，帮着父亲管教孩子们。可是满墙壁的壁画经常让小朋友分心，老师也上不好课。骆元的爸爸就叫上骆元一起，沿着画满壁画的墙壁又砌了一堵墙——这个时候原本几百米的壁画墙壁已经仅剩几十米。

后来骆元18岁的时候，日本鬼子打进村子，很多人都被杀了，道观仅存的几间大殿也被毁了。父亲让骆元和母亲躲在山里逃过了一劫，自己则被日本鬼子杀害。而父亲为了让孩子们专心上课而砌的那堵墙却意外保护了那些绝美的壁画。

20世纪50年代，百废待兴。安乐村的一切也欣欣然地发展起来。这时候骆元的儿子骆冰煜都已经九岁了。骆元向政府汇报了关于壁画的事情。很快从大城市来的专家们就来到了安乐阁的废墟。骆冰煜还记得那些专家见到壁画时的激动心情，好几个人都流下了眼泪。骆元一生守护的宝贝也终于有了托付。

可是他们并不知道现实给他们开了一个巨大的玩笑。

为了解决山区几百年来在雨季的水患，政府决定在附近修建一个水库。而安乐村和安乐阁都在水库的范围内——这里即将变成一大片水域。经历了一千多年遭遇数次战争的安乐阁壁画，即将迎来最意想不到的威胁。骆元也无计可施，只好将仅仅九岁的骆冰煜叫来告诉他关于守卫的故事。

可是安乐阁的壁画是全国的宝贝，又怎么可能白白地叫水库淹没？村子里来了很多专家、学生，最多的时候有一千多人。安乐阁迎来了一次意想不到的搬迁。学生们抓紧时间临摹壁画，包括骆元在内的很多人一起制定了搬迁壁画的方案——将整墙的壁画切割成很多片，连着墙壁上的泥坯一起切下来，用塞满稻草的木箱打包好，通过板车拉往三十公里之外的新的地方。在那里还有一些专家和学生按照原样将这些壁画在新的墙壁上复原起来。

这是一项巨大的工程，最熟悉这些壁画的就是骆冰煜的爸爸骆元，他几乎每天都忙碌着。骆冰煜认识了和自己一样父母在安乐阁搬迁现场工作的孩子：墨铃和季薄钊。他们差不多大，那几年，每天在山里胡闹，在村里的小学上课，在村子的墙壁上画仕女图成为他们最大的乐趣。几个人成为无话不谈的好朋友。

在赶往安乐村的路上，沈桐离讲述的这个故事让风世彦生出很多疑问："这段几十年前的故事究竟和骆教授被害案件有什么联系呢？"

沈桐离告诉风世彦："搬迁的时候，人们迁走了壁画和道观的建筑。但骆冰煜教授告诉我，他的祖辈一直在那里守护的事实上并不是壁画，而是别的东西。教授告诉我晏殊的诗，是为了让我找到他守护的东西。"

　　风世彦对此有些疑惑：如果真的是骆冰煜教授家族世代守护的东西，教授为何要托付给沈桐离这样一个平平无奇的人，还是一个美术馆的临时工？另外沈桐离讲述的五十年前的那次壁画搬迁的工程在全世界都很有名，与之可媲美的只有在同一年代埃及阿布辛贝神殿搬迁事件。可真实的情况是，经历了九年、几千人的辛苦工作，安乐阁连同美丽的壁画都被搬迁到了距离安乐村三十公里处，现在叫作安乐宫的地方，已经是旅游文化保护单位，可是原计划建设的水库则因为实际情况做了修改，并没有淹没安乐村——从某种意义上讲，这次搬迁并无必要。风世彦知道这些现实情况，更加不相信沈桐离。

　　沈桐离则自顾自地笃定坚信："骆教授不会平白无故地告诉我这些，我有需要完成的使命，必须要去做的。教授也是这样想的，所以才会给我留下这样的谜题。"

　　风世彦："关于凶手，骆教授有没有什么线索给你？"

　　沈桐离摇摇头："我也仔细回忆过，教授告诉我的我都告诉你们了。教授总是说叫我相信自己看到的、感受到的，我自己可以找到方向。可是我真的不知道教授会遇到这次劫难。如果他事先知道，为什么不告诉我？"

　　风世彦："你觉得杀害骆教授的会是什么样的人？"

　　沈桐离眼神中露出杀气："不管是什么样的人，我都希望他死。"

风世彦侧脸看着沈桐离，发现他温和的外表之下似乎藏着野性的一面，那一瞬间，似乎沈桐离的面貌中冲出一头野兽。

天黑的时候，他们到了山脚下，无法上山。在一处简单的小旅店住下。

在简陋的板床上，风世彦悠悠地对沈桐离说："可是这里并没有成为水库。"

沈桐离："什么？"

风世彦："你今天下午讲的那个故事。如果五十多年前这里即将修建水库的话，那么我们此刻应该在水库的边上，也不会有安乐村。所以沈桐离，你在说谎。"

沈桐离："我没有说谎。"

风世彦："我会盯着你的。"

09

曾宣一直在一种悲伤的情绪之中，她知道这个时候自己也是警方的嫌疑人之一，可是骆教授对于自己有知遇之恩，就像一个父亲。一整天，曾宣都努力克制自己的眼泪，不得不处理骆冰煜教授意外身亡而带来的各种事情，保持一个坚定平和的形象。

明力看出了曾宣的悲伤，只是无法分辨这是一种表演还是真情流露。关于那次有名的安乐阁搬迁，明力是知道的，只是不知道《八十八神仙卷》就是安乐阁壁画东壁的绢本小样。距离安乐村三十公里之外的安乐宫现在已经成为一个旅游景点，吸引着全国各地的游客。明力有一些犹豫，这不同于一般的凶杀案，整个案件充满着各种各样的谜题，更是有很多专业的知识。明力也不敢贸然判断信息，只好小心翼翼地打听。

曾宣在《八十八神仙卷》的展柜旁徘徊，明力也跟着她来回溜达。

明力："据说《八十八神仙卷》是宋朝的？"

曾宣点点头："这个卷轴最初在德国被发现。"

明力："是骆教授发现的？"

曾宣摇摇头："是辛宇琦，我的前夫。当时他在德国出差。在柏林郊区的一个跳蚤市场发现一名老妇人在卖家里的一些老物件。在一个年代很久的箱子底部，辛宇琦发现了这个卷轴。"

明力皱着眉头："花了八百万元？"

曾宣叹口气："一般这种跳蚤市场的东西都比较便宜，具体辛宇琦花了多少钱购买的，我不知道。后来美术馆想要收回这幅卷轴，必须支付八百万元。"

明力没有接着问，这是一个敏感的问题。一般在国外收购这些古董价格并不高。八百万元人民币相当于一百万欧元，这对于一个并不熟悉卷轴价值的外国老妇来说，可能太多了。可是并没有证据，除非找到当初那个老妇人，没有别的办法验证。

当然还有一个问题可能更加有意义，明力问："曾馆长，根据美术馆的财务规定，可以典藏形式支付一定的典藏费用的，八百万元为什么不能按照正常典藏手续来走呢？"

曾宣："这也是我很疑惑的，这幅卷轴目前是骆馆长的个人收藏。其实这是一件很奇怪的事情。辛宇琦如果真的想要将卷轴交给骆教授，完全可以由李德集团支付这笔费用，然后通过赠予的方式交给骆教授；或者像您所说的，使用我们美术馆的典藏经费向李德集团正规购买这幅卷轴。这都是可行的办法，而且无论是李德集团还是我们美术馆，都有这样的实力。可是他们却没有这样做。辛宇琦用他自己捐赠给美术馆的基金会的钱支付给自己的下属公司八百万元，代价就是这幅卷轴成为骆冰煜的个人藏品，这究竟是为什么？我不明白。看上去更像是一个阴谋。"

关于财务信息，明力相信：人可以说谎，而资金的轨迹不会。

明力看到一个高大的男人正在关注着自己和曾宣，便没有继续接着问问题。这是一个刑警的直觉，虽然明力是第一次见这人，但是已经在心里开始搜索到与这个人匹配的对象——李德集团的董事长——辛宇琦。很奇怪这位地产起家的商人何以能自由出入案发场地？

　　曾宣似乎没有觉察到辛宇琦。明力很聪明地转换了和曾宣一同站立的角度，这样做有一点刻意，却表现出无意识——因为明力希望看看曾宣和辛宇琦会在自己面前有什么样的表演。明力心里想，接下来就是进一步调查沈桐离的作案动机，寻找证据。同时，不能排除曾宣或者辛宇琦参与其中的可能性。但是对于曾宣，明力却有一种说不出的直觉：这个女人没有撒谎。

　　曾宣看到了辛宇琦。辛宇琦像是即将参加融资会议似的，脸上挂着真诚但僵硬的笑容，朝明力和曾宣走过来。一过来，就像宣示主权似的，一只胳膊搭在曾宣的腰上，另一只手伸出来和明力握手——这一套动作似乎是训练过的："您好，辛宇琦。请问您是？"

　　曾宣赶紧介绍："他是负责骆冰煜教授谋杀案的明力警官。"

　　辛宇琦："幸会幸会！你们辛苦了。"

　　明力也礼貌地伸出手来："哪里哪里，都是我们应该做的。辛先生怎么进来的？"

　　辛宇琦笑笑："我告诉他们我是曾馆长的丈夫，这里的人都认识我。"转过头对着曾宣："我没有打扰你们吧？"

　　曾宣："发生了这样的事，你不该这个时间过来。"

辛宇琦："正是因为发生了这样的事,我才要来看看你。"辛宇琦露出深情的表情。

明力适时地提出："我不打扰两位了。谢谢曾馆长的帮助,我先回警队了。"

明力和辛宇琦握了握手,转身离开,心里总觉得有哪里不对。曾宣的博士生导师是骆冰煜教授,辛宇琦则和曾宣是研究生时的同学。他这时候来案发现场,是来探究消息的还是来宣战的?明力赶紧发动车子,同时布置一个任务:"连夜调查辛宇琦的资料,包括公司的和个人的。"

辛宇琦有着宽阔的额头和下巴,高高的鼻梁,深陷的眼窝,身躯高大魁梧,祖辈都是地道西安人。他经营着一个商业帝国,这个帝国里,房地产和石油天然气是主要的经济支柱。辛宇琦和曾宣是大学同学,曾宣偏文,辛宇琦偏理。在上学期间,辛宇琦并没有显示出过人的经营才华。但是,大约从大学毕业后的第二年开始,辛宇琦的商业世界就像开了外挂一样,几乎每一个市场和政策的红利,辛宇琦都奇迹般地正中靶心。

他的发迹来源于一块土地。当时是一块偏僻且没有什么价值的土地——远离城中心的一处著名的臭水坑。据说在清代是砖窑厂,因为烧砖,当地被挖出了一个巨大的深坑。辛宇琦接手的时候,那里是垃圾、小动物和野草的乐园,就是缺乏人类的痕迹。除此之外,这片面积超过两百亩的土地还有一个令人毛骨悚然的传说：在八国联军侵华时期，这里曾经发生过一次大屠杀事件。尸体密密麻麻地堆积在砖窑厂的大土坑里。土坑的旁边有一座自明代以来就存在的小庙，不知道庙里供奉着什么样的神仙。自从大屠杀之后，庙里每天晚上都会出现神秘的声音，有时候吵扰，有时候有琴声，有时候似市集，有时候又像是学堂。人们进入这块土地，就能够感受到阴风阵阵——这些传说自然有它杜撰的一面。这块地本身位置的偏僻和这些不太好的传说，几十年来，使这里彻底成为一块荒地。大土坑自然成了城市垃圾的倾倒处。这样的地方，被刚刚大学毕业的辛宇琦倾家荡产购买下来。当时所有人都说他疯了，辛宇琦也着实过了一段凄苦的生活。

就算在这样的凄苦时刻，辛宇琦仍然令人匪夷所思地保护住了位于地块正中心位置的那座破败不堪的小庙。那个时候，曾宣没有想过放弃辛宇琦，一边读博一边和辛宇琦在臭水沟和小庙边约会。

但是事事难料，这块土地的旁边居然修建了高铁站。后面的故事，就如同那个时期所有房地产商的故事一样，辛宇琦得到了第一桶金。如果说第一桶金仅仅让辛宇琦成为一个小有财富的人，那么后面辛宇琦的好运就只能用"叹为观止"来形容了。股市、石油、天然气，曾宣和辛宇琦的同学们都说辛宇琦上辈子拯救了银河系，每一次的财富浪潮，刚刚好都被辛宇琦赶上了，而且在低潮来临之前及时脱身。

曾宣对于商业上的事务不上心，仅仅认为辛宇琦走了狗屎运。五年前，辛宇琦向曾宣求婚。但事实上，两个人的内心，从结婚的那个时候开始，已经去向相反的方向。

二十年的时间，曾宣努力求学，成为骆冰煜教授的博士生，顺利毕业，并且成为美术馆的副馆长；辛宇琦一直不停歇地打造自己的商业帝国。

曾宣是一个将自己的人生活成树木的女孩儿。当然，所需要的也应该是树木的伙伴。辛宇琦，是一个金属属性的男人——在重金属中，树木留下的往往是碎屑。所以这两个人，相爱但不相守，可以共患难，不能共富贵。

曾宣对于辛宇琦是有爱的，但也很明白这个男人完全不属于自己的世界。辛宇琦对于女人的自信是从心底深处散发出来的。热恋时，他在雨中为曾宣撑伞，在街上帮曾宣拎包，甚至在曾宣生理期时给曾宣端热水，也许在很多人眼里，这是一个难得的暖男——那时的曾宣也这么认为。事实上，在爱情这件事情上，年轻女孩儿永远处于猎物的位置。

有时候，曾宣会像普通女孩子一样，软弱像是倒塌的多米诺骨牌，侵袭身体的每一处。无论拥有多少名誉、多么强悍的性格、多么富饶的学识，女人永远需要一个时刻，卸下伪装，可以无所顾忌地软弱和依赖。当然，如果你以为看到过女人的软弱，感受到她们的依赖，就觉得她们是一个需要保护的弱者族群，那你就错了。那个时刻之后，有一些女人会将倒塌的多米诺骨牌一张一张复原，继续在自己的领域里披荆斩棘。

可是辛宇琦却认为女人的天性是软弱。根植在辛宇琦内心中的男尊女卑的观念，以一种女尊男卑的表象存在着。

结婚之后，曾宣才发现一些原本就存在的事实：辛宇琦对自己的关心照顾，主要是因为自己是女人，是比男人更低等的性别！这种思想体现在很多看似温情的生活当中，辛宇琦是那么自信和理直气壮：女人本来就不如男人，所以才会照顾你们。交流？不对，男人和女人哪里有交流，只有服从和被服从、照顾与被照顾、命令与听话。辛宇琦完全不介意曾宣为了工作拼搏，因为在他的内心深处，曾宣怎么比得上一个男人，所以就让她去闹腾吧。

曾宣永远忘不了辛宇琦的话："知道我为什么处处让着你、照顾你吗？因为你弱，你是女人。女人就是弱小的，我本来就强大，为什么要和你们作对？让着你们，照顾你们，也不会让你们强大，干吗要和你们作对？" 对于辛宇琦来说，曾宣像是一个蚊子咬过之后的包，又疼又痒，但是过一段时间感觉就消失了。曾宣却认为无论是男人、女人，都是平等的。

辛宇琦需要承认自己弱小的女人，曾宣需要一个不把女人当成弱者的男人——这样的两个人不可能生活在一起。

无论以何种方式开始，白天是闹矛盾还是继续亲昵，辛宇琦都无所谓，也不妨碍他下一次继续和曾宣的爱情。事实上，有晚上的潮湿和细腻就可以了，一个男人对于女人，还能要求什么呢——何况除了这些，曾宣可以带给辛宇琦的，还有一些必要的信息。

在来找曾宣之前，辛宇琦刚刚接到教授的电话，提醒他骆冰煜给出的可能是假信息。教授在早些时候叫辛宇琦亲自安排了一辆汽车停在小站的停车场。一直以来，刑天和教授的所有开支都是辛宇琦的李德集团在支付。教授是辛宇琦的贵人，也是引领辛宇琦成为自己的那个人。和刑天一样，教授是辛宇琦的心灵导师。研究生尚未毕业，家境并不富裕的辛宇琦和所有同学一样，担心着自己的前途。可是教授却叫他去拿下老砖窑厂的那个臭水沟。那时候辛宇琦根本不知道房地产为何物。教授甚至拿出为数不多的积蓄交给辛宇琦，要他守住这块地。幸好那时候曾宣不计成败地陪着他，否则他真的很难支撑下去。可是教授十分笃定。即便赔了，赔的是教授半辈子的积蓄，而他辛宇琦则仅仅是一两年的时光。教授说服了辛宇琦，抱着赌徒的心理，辛宇琦坚持了十分困难的两年。之后果真像教授说的一样，他获得了巨大的资金。

这之后的故事多少有一些传奇的成分，除了教授和自己，辛宇琦谁都没有说过。对外他呈现的是抓住每一次商业机会的商场幸运儿。事实上在正常商业之外，辛宇琦真正赚钱的从来都是倒卖书画和文物。在教授的帮助下，辛宇琦总是会获得一些特殊的文物，由辛宇琦利用商人的身份卖给一些藏家。这是一门利润巨大的生意，几乎没有什么成本。当然，辛宇琦也因此结识了一批商业巨子。在他们的圈子里，辛宇琦得到一些消息，像是赌场中的赌徒一样，押注在一些项目上，有一些赔了，有一些赚了。而他宣传那些赚钱的项目，自己那些真正的"生意"则藏在阴影之下。

这是他和教授之间的秘密。当然，他的今天也离不开教授的支持。至于教授如何获得那些文物，他无从知晓，也不感兴趣。也许对于金钱和权利的追求原本就刻在他的基因之中。教授告诉他，这也是在很多学生里选中他作为合作伙伴的原因。他们本质上是一种人。

从刑天失去信号只能使用卫星电话开始，教授就已经开始怀疑骆冰煜给出的信息是在误导。教授知道刑天离开的时候骆冰煜并没有死，所以教授迫切地想要了解刑天走了之后，骆冰煜都干了什么。

当然，教授还交代了另外两个任务：调查年龄在十八至二十二岁之间的名叫林蝶的女孩子，调查骆冰煜的孙女骆妍这几天在什么地方。这后面两件事，辛宇琦已经安排给自己的团队去办。找曾宣打探案件的信息，还得自己亲自来。况且从感情上讲，辛宇琦还是爱曾宣的。

明力走了之后，辛宇琦适时地给曾宣嘴里塞了一颗巧克力，是曾宣最喜欢的味道。曾宣没有拒绝，毕竟曾经在一起恋爱生活了那么久，这个男人知道什么时候自己需要什么。

曾宣："抱歉，今天发生了这么多事，我还有事要处理，你先回家吧。"

辛宇琦露出一个迷人的微笑："所以我才来的。看到外面的警车我真的吓了一跳，我在你办公室等你下班。"

辛宇琦熟门熟路地来到曾宣的办公室。

曾宣内心里多少有一些温暖。

在林蝶和刑天互相倾诉的时候，曾宣坐上了辛宇琦的车。辛宇琦自然也知道了《山乐》上的第六个小人和指代沈桐离的那句诗。

深夜，教授给刑天打来了卫星电话："杀掉叫沈桐离的年轻人，他就是下一个守卫。"

"我该去哪里杀掉他？"

"他应该也会来这里，安乐村。"

刑天挂掉电话，看着林蝶天真的脸庞，不禁暗暗祷告：眼前这个女孩儿千万不要和教授的事情有半分牵扯。

10

夜里，辛宇琦将自己的脸整个埋入曾宣浓密的头发当中，呼出温热的气息，吻在头发中穿延抵达肌肤，直到脖颈的下面。这是一种容易令人沉迷的诱惑，像是一个美丽的沼泽，越挣脱越是沉陷。此刻，是曾宣需要肩膀和依靠的时刻，辛宇琦回来了。这一夜，滋味丰富。

清晨的阳光透过薄纱窗帘在床上留下一道道明暗交错的流动光影。曾宣在辛宇琦的怀抱里醒来。她想起来自己还有一整天的工作，而明天就是除夕，于是翻身起床。温存的时间似乎在另外一个世界。那天早晨的时候，曾宣又恢复了自己原本的强硬面貌。就像是临时插入了一帧蒙太奇的画面，温存消散，两人随即分离。辛宇琦还是那个辛宇琦，所需要的仅仅是一个女人的身体而已，当然，这对于他来说也没有什么错，可是自己一定要游离在这个世界之外。两个人彬彬有礼地默默分开，似乎昨晚出现的温存是另一个时空的幻象。

曾宣从倒车镜里看着逐渐远离的辛宇琦的车尾，能够想到，辛宇琦此时一定也在看着自己。两个远离的倒车镜中出现曾经的爱人，在一个小小的矩形里自己和爱人的背影同框，那是一种在一起的背离感。就像他们的爱情，始于绚烂，止于冷静。

曾宣并没有得到她想要的答案，关于那八百万元，从任何一个角度来看都像是针对骆冰煜的一次陷害，可是为什么？辛宇琦只是告诉曾宣，这是骆冰煜自己的意思。

　　在曾宣走进美术馆的时刻，沈桐离和风世彦在安乐阁废墟上遇到了林蝶和刑天。

　　有一瞬间，刑天将沈桐离锤在地上痛打——过一会儿他就会为这个时候的行为后悔——眼前这人就是教授要自己杀死的沈桐离，可是天性让刑天并没有想过杀死这个陌生人，而仅仅教训一下。有时候就是很奇妙，仅仅前后十几分钟，很多事情就会不一样。只是刑天还不知道，他此刻错失的居然是自己杀死沈桐离的最后一次机会。

　　风世彦抓住刑天正在击打沈桐离的空当，快速亮出工作证："我是警察！住手！"

　　刑天听到警察两个字真的住手，但是扼住沈桐离的胳膊："警察就可以随便打人？"

　　沈桐离："我不是警察！我要抓你们！"

　　刑天一脚将沈桐离踢得老远："就凭你！"

　　林蝶跑过来躲到刑天身后："你们为什么要抓我？"

　　沈桐离："你们两个为什么要杀死教授！"

　　风世彦有点戏谑地看了看被打得鼻青脸肿的沈桐离，对沈桐离的表现有点无奈。

　　风世彦："你俩不是这个村子里的人吧。"

林蝶："我俩都是来这里写生的。警察叔叔，有什么问题吗？"

风世彦："我还没有那么老。我姓风，大风的风，叫我风警官就行。到这里写生？什么时候来的？"

林蝶："我大约一周前来的。他是昨天。"

风世彦："你们不是一起来的？"

刑天："我是迷路了闯进来的。我一周前到吕梁山区写生，开车到这附近时迷路了，遇到这个村子。"

风世彦："一周前？"转头看了看沈桐离。沈桐离听到这个时间也有点蒙："一周？你们昨天不在绿藤市美术馆？"

林蝶："绿藤市美术馆？那里怎么了？"

沈桐离："你昨天在吗？"

林蝶："当然不在！这是我的车票。"林蝶从口袋里掏出火车票，的确是一周前的时间。风世彦这时候显示出警察的老练："大过年的不回家。你们这些年轻人真是——身份证拿出来我们登记下。"

林蝶和刑天都掏出身份证。

风世彦拿到林蝶的身份证却愣住了。沈桐离觉得可疑，赶紧凑上前——身份证上写着骆妍的名字。风世彦查了案卷资料中骆妍的身份证号码，和眼前的一模一样。

风世彦："你——是骆妍？骆冰煜的孙女？"

这个问题像是一颗无声的炸弹在现场几个人当中爆炸，尤其是刑天，努力用表面的平静竭力掩饰内心的惶恐。除了教授，刑天在这个世界上没有任何牵挂的人，直到遇到这个叫林蝶的女孩儿。这是一种莫名的情愫，没有防备地出现，连刑天自己都不知道这种情愫是什么时候产生的、什么时候蔓延的，仅仅一天的时间就深植进他的心里。但命运给他开了一个巨大的玩笑，眼前这个叫"林蝶"的女孩儿居然就是骆冰煜的孙女！

　　林蝶从高大的刑天身后探出头来："是的，骆冰煜是我爷爷！他怎么了？"

　　沈桐离："你真的是骆妍？"

　　风世彦将刑天的身份证还给刑天，对林蝶说："可是你刚才叫——"

　　林蝶苦笑一下："林蝶。两年前我父母去世后，爷爷给我用妈妈的姓取了林蝶这个名字。我也很喜欢这个名字。"

　　沈桐离："我怎么从来没见过你？"

　　林蝶觉得很奇怪："我为什么要见过你？我爷爷怎么了？"

　　沈桐离："我是沈桐离。你爷爷——他——被杀了。"

　　骆冰煜是林蝶在这个世界上唯一的亲人，听到这个消息，林蝶泪水喷涌而出，自然地靠在刑天的肩膀上抽泣。刑天此刻无比震惊！刚刚自己错过了杀死沈桐离的机会。

林蝶是一个天性善良的女孩子。父母意外去世之后，爷爷骆冰煜给自己改了名字，还让自己的生活发生了很大的变化，让自己几乎在一个全新的环境中生活，其中之一就是送自己到国外的艺术学校上课。林蝶此刻将刑天看成是和自己一起的人，这是一种微妙的站队，沈桐离这个陌生人出现时对自己的攻击显然让林蝶产生了极为不适的初始印象。关于一个人对另一个人初始印象，是一个极为微妙且短暂的心理过程，它有可能更改，但初始印象会在一定时间内影响人的判断。但是林蝶完全没有想到，爷爷让自己改名字，变更生活的城市，就是为了避开这个叫刑天的人。

　　两年前，刑天根据教授的指示第一次行动，就是制造车祸，对方是叫骆浚和林慧的夫妻。刑天很聪明，提前一个月跟踪对方，掌握对方的生活日程和行踪路线，在一个傍晚设计了完美犯罪。事后教授告诉刑天，车里的两个人是两个守卫。既然是守卫，就是对整个事件有害的人，所以一定要消除。当时的刑天毫无愧疚，因为只有干掉守卫，揭开那个秘密，才能找到自己的亲人。他不知道，当时林慧刚刚办理完《八十八神仙卷》的交接手续，将神仙卷送回家里。而眼前这个让自己心动的女孩子是骆冰煜的孙女——这对于刑天来说是一种打击。刑天此刻知道警方还没有掌握自己的真实资料，所以这时候离开正好。

刑天："警察同志，我可以走了吗？"

沈桐离："你为什么来这里！"

刑天："我刚刚说过了。"

刑天对着林蝶说："你要和我一起走吗？回家去？"

林蝶泪眼蒙眬地抬起头来，正要回答。她看到他们之前挖掘的墙下的土地正在塌陷，墙下应该有一个踩空的结构，而塌陷造成的残墙倒塌很可能砸到刑天。可是这一切除了她别人都看不到。林蝶没有答复刑天的问话，拉住刑天的手就跑，边跑边喊："快跑！要塌了！"

沈桐离立即拦住两人。可是脚下的土地塌陷的速度似乎不符合这个地段的地质结构所呈现的情况。不到十秒钟，原本静止的土地形成波浪状土浪，以刑天和林蝶早晨挖掘的地方为中心，向四周蔓延。四个人都朝外跑，但土浪比他们更快，一瞬间带倒了几个人。四个人像是进入了激流冲浪的水道一般顺流而下，但事实上周围全部是泥土和碎石。几个人身上、头上都有不同程度的受伤。林蝶看到一块巨大、边缘锋利的页岩朝着刑天翻滚过来，赶紧抱住刑天躲过，那个像刀锋一样的石块从刑天身边滚过。四个人一起顺着泥土翻滚的方向下坠，不久，四个人掉落进一处漆黑的空间当中。林蝶最先感知到环境，用手摸着刑天，终于抓到刑天的手。

林蝶："刑天！你受伤了吗？"

刑天有一些感动："你怎么知道是我？"

林蝶："我摸到了你手上的茧。"

风世彦："桐离？你在哪里？"

沈桐离："我们在哪里？"

刑天："地面光滑冰凉，像是——"

风世彦："花岗岩或者类似的石块。有人受伤吗？"

刑天拨亮了随身带的手电。他们不远处，沈桐离正蹲在地上摸索，风世彦已经站立起来。

风世彦："你随身还带着手电。"

刑天："我进山的习惯。你们还有其他照明工具吗？"

风世彦点燃了打火机。

整个空间在众人面前显现出来。很意外地，这个空间很有现代感，风世彦猜的不错，墙壁都是光滑的类似花岗岩的材料，呈现一种磨砂质感的青灰色，抑或是因为光线单一，才在大家眼里呈现出青灰的颜色，事实上的颜色是什么，没人说得清。林蝶首先指着一面墙："这里是东面，上面画着朝元图。"

沈桐离首先跑到林蝶指的这面墙面前，仔细看，墙面上的确呈现出比墙面颜色稍浅一些的很细的线条构成的朝元图。沈桐离不禁惊叹："你怎么看出来的！"

四个人沿着墙壁寻找——这个四方的空间里，每面墙上居然都绘着朝元图——一位位几乎和真人一般大小的神仙慈眉善目地却又面无表情地看着四个人，衣袋、器物、须发、头饰都是用的铁线描，除了有些神仙的站位不同，其余无论手法还是相貌几乎和美术馆展出的那卷《八十八神仙卷》一模一样。

风世彦用手小心翼翼地摸着墙壁，墙壁很光滑，那些线条像案发现场的《山乐》上的最后那个小人一样，是用很尖的工具刻在墙壁上的。风世彦不禁说："这些神仙，好像《山乐》上最后那个人。"沈桐离也同意。

没有任何约定，慢慢地，四个人此时背靠着背，站在整个空间的中间位置缓缓地转圈，都希望可以全面地看看这个空间。可是站在这个空间的中间，却完全看不出来四面墙壁上画的画儿。整个空间在两束光照射下，呈现深浅不一的灰色。

刑天有些迷惑："林蝶，我看到的——好像你的画。"

林蝶却露出欣慰的笑容，转身拥抱住刑天："我画的就是这里。你真的看懂了。不知道为什么，我以前来过这里。我告诉爷爷，爷爷让我到这里画画，找到乐意看懂这幅画的人。"

沈桐离站到林蝶面前："你爷爷让你找的应该是我。"

林蝶赶紧躲到刑天身后："为什么？"

沈桐离："你爷爷去世的时候留下一句诗，叫我到这里。如果他也叫你到这里，那他应该是叫我们一起寻找什么。"

林蝶："爷爷留下的诗？"

沈桐离说出那句诗："如桐如椅，其实离离。黄绢幼妇，其实昕晰。""前两句是说我，后两句——我曾经以为是说你。"沈桐离看着林蝶。

刑天也觉得奇怪，自己离开的时候骆冰煜明明有自救的机会，可是昨天晚上教授却告诉自己骆教授已经去世，那么这位守卫宁放弃生存的希望也要留下的线索肯定比自己得到的信息更加重要。从沈桐离的表现看，刑天知道虽然骆冰煜指向眼前这个和自己差不多大的人，可是这人并不比自己知道的多多少。

林蝶摇摇头："如果是这句诗，后两句虽然是说我，但也是指这里，包括前两句。"

刑天、风世彦都看向林蝶。

林蝶缓缓地说："刑天看过我的画，我画的就是这里。离离和昕晰也都是这里。"

三个人都显示出迷惑的表情。

刑天解释："林蝶的视力和普通人不一样，她可以根据需要调节焦距大小，可以看到很微观的东西，也可以看到视线范围内很宏观的东西。可以看到和我们不一样的世界。"

沈桐离和风世彦都露出羡慕的目光。

林蝶："如桐如椅，其实离离。像梧桐那样高大的树木，如离离之草一般，什么才可以将高大的梧桐树看得像小草一样？像我这样有特殊视力的人才可以。或者人类站在很高的地方才可以。黄绢幼妇，其实昕晰。一般来说黄绢幼妇是指年轻的女孩子，但绢需要一段时间才能变成黄绢，幼妇原本就是女人不同时期的状态，所以这一句事实上指的是时间。其实昕晰，昕晰是很像的两个字，很多时候是指光亮的样子，光能够布满的其实是空间，就像我们现在拿的手电和打火机。这两句诗其实是指同一个人在不同的时间、空间呈现出的不同的样子。当然，也可能有一个意思是指你和我。因为我画的画就像是昕和晰，一般人看不出来。"

风世彦有一些不明白："骆教授放弃生命留下的谜语究竟是什么？"

林蝶和沈桐离同时说："地图。关于西壁朝元图。"

刑天有一些激动，此刻集合了沈桐离和林蝶的分析才可能是守卫真正的意图。如果没有他俩，自己不可能知道这些。

风世彦进一步问："关于什么的地图？"

沈桐离："如何找到西壁朝元图的地图。"

刑天没有忍住："那么地图在哪里？"

林蝶和沈桐离又都陷入了沉默。四面墙壁上的朝元图也都是东壁的，而且如果不是凑近，根本看不出来，哪里有什么地图。

风世彦："咱们在四面墙壁边缘找找，可能有暗门、接缝或者洞口什么的。"

沈桐离和风世彦一组，刑天和林蝶一组，四个人开始在四面墙壁以及地面寻找，一无所获。林蝶觉得很奇怪："墙壁和地面的每一个面衔接得都很好，在接缝处所有物质，即便在分子结构上受力都是均匀的。"

沈桐离："什么意思？说明白点。"

林蝶："这些墙壁和地面是一体的，是一个物质一次性合成的。"

沈桐离："不可能，咱们刚刚是掉进这里的。"

刑天首先注意到天花板："我们刚才应该是从那个方向滚下来的，可是现在那个方向是什么？"

几个人一起看向天花板的位置，那里现在黢黑一片，根本无从判断高度和物质属性。风世彦："我们现在只有联合起来。"

于是最强壮的刑天在最下面，刑天上面是沈桐离，沈桐离脖子上是风世彦，风世彦驮着最轻的林蝶——在这个平整空旷的空间当中，不用这种类似杂技的人叠人的方式，根本没有办法到更高的空间。林蝶拿着手电在最高处照着天花板。很奇怪，天花板和四面墙壁严丝合缝地结合在一起，就连林蝶都看不出细微处的接缝，也无法看出材质，林蝶猜测是某种金属。刑天支撑着三个人的重量，已经开始大颗大颗地滴汗，身体也禁不住颤抖起来。沈桐离不忘调侃："看你身体挺虚呀。"

刑天狠狠地看了沈桐离一眼："你到我这试试。"

沈桐离："这种损人不利己的事儿我才不干。"

刑天心想从这里出去就把你变成一具尸体。

风世彦："骆妍，你看到什么了？要不咱们下来休息一会儿。"

林蝶没有答复，喃喃自语："不可能！"

林蝶跳下来，刑天赶紧松开沈桐离。接着，沈桐离和风世彦都摔了个结实。刑天则抱住了林蝶。

风世彦："到底天花板上面是什么？"

林蝶："这是一个类似金属的盒子，天花板和四面墙壁是完整融合在一起的，即便是我也无法看出细微的裂缝。"

风世彦："这怎么可能？我们明明是掉进这里的，我和沈桐离还受了伤。"

风世彦和沈桐离胳膊上、腿上的确有伤。

刑天也觉得很奇怪，用手摸着墙壁："就像林蝶说的一样，墙壁的材料很像是金属。可如果这真的是一个金属盒子，密闭得这么好，空气会很快被耗尽。"

听到刑天说这话，风世彦赶紧关了打火机。

刑天："但这里的氧气充足，这么长时间，咱们四个人又是运动又是点燃打火机，却没有感觉到氧气减少。"

　　风世彦："对。我们都能够顺畅呼吸。"

　　沈桐离："我觉得有些喘不上气。"

　　刑天："你就是身体虚。咱们现在要赶快找到地图。"

　　风世彦："你不觉得咱们此刻要找的是出路吗？"

　　沈桐离："我真的有些喘不上气。"

　　林蝶继续到处看着四面墙上的话："有些地方不太对，我画的也不对。"

　　没有人关心沈桐离。沈桐离靠着两面墙的墙角处蹲下来，没想到这个盒子一样的空间居然整体动了一下。众人都感觉到了这种震动。沈桐离又一次用力在墙角跳了一下，整个空间则晃动一下。沈桐离大声喊："一、二、三，一起跳！"

　　四个人一起跳起来，整个空间震动了一下。

　　沈桐离从一个墙角出发，朝着另一个墙角快速跑过去，空间朝沈桐离跑的方向动了一下，又回到原处。沈桐离又折回来重新跑得更快，这一次这个空间的动静更大。

　　沈桐离看着剩下三人："我一个人做不到，咱们一起！"

　　三个人互相看看，此刻无比默契地都站在沈桐离身边。四个人一起从一面墙朝另一面墙快速跑。神奇的事情发生了，整个空间朝着他们跑步的方向倾斜了一下，又回到原状态。沈桐离哈哈大笑："我想到了。咱们如果可以快速跑步，从里面就可以滚动这个'盒子'。"

几个人互相看了一眼，紧靠墙根，沈桐离喊："三、二、一，跑！"

四个人一起朝着对面的墙跑起来，这一次他们跑得更快，空间真的朝着他们跑的方向滚动了。沈桐离在最后一刻跳向与他们所在平面垂直的那一面，刑天和风世彦也跳了过去。林蝶短暂地犹豫之后也跳了过去。神奇的事情发生了，整个空间翻转了一个面，原来的侧墙此刻变成了地面。这个发现让几个人都来了精神，开始在整个空间的每个面中快速横跳。他们发现一些规律：四个人一定要同时行动，否则空间不能翻转；他们的运动速度越快，空间翻转得就越快；最后，也是最重要的，这个空间是一个正方的'盒子'，'盒子'的每一面都画着朝元图，神仙们有的在上方，有的在中间，有的在下部。可是每一个面上的朝元图都是一模一样的，且都是东壁朝元图。

在空间翻转时，刑天看着运动中的墙面，突然叫林蝶："林蝶，我看懂了，这才是你画的画！我知道为什么我们都看不懂你画的'千官列雁行'的朝元图，因为你画的是动态的朝元图！"

沈桐离突然停下来，其他三人立即朝前摔过去。几个人都大汗淋漓，沈桐离说："我想……"还没等说完，他已经吃了刑天的一拳："混蛋！不能说停就停！咱们是一体的,你没考虑过别人吗?"此刻风世彦正把林蝶搀扶起来,林蝶捂着胳膊,估计摔得不轻。沈桐离也有点后悔:"对不起,我是想看看你们刚才说的画。"

沈桐离走到林蝶跟前:"你爷爷去世前留下的谜语是为了告诉我们什么。现在我们在这个到处画着朝元图的盒子里,骆妍——林蝶,现在只有咱俩可以解开骆教授的谜题。"沈桐离大大的眼睛真诚地看着林蝶,林蝶从沈桐离的目光中似乎看到一只温柔的野兽。虽然她并不喜欢这个沈桐离,但他说得对,刑天是误闯进来的毫不相关的人,风世彦是调查爷爷被害案件的警官,跟着沈桐离来到这里,只有自己和沈桐离才是爷爷去世时直接提到的人,解开爷爷谜题的关键就是他们。

林蝶从背包里拿出自己的写生本,递给沈桐离。

沈桐离打开写生本,看到那些不同程度的灰色组成的块、物体。脑海里呈现刚才奔跑的时候墙面上朝元图的变化,一个个模糊的形象渐渐在各种灰度当中明晰起来。正如刑天所说,林蝶画的确实是朝元图,而且是朝元图里的神仙动起来的样子。沈桐离继续认真地反复翻看,刑天靠过来,风世彦则在手机上做着计算。

林蝶:"你看到了什么?"

沈桐离:"你以前来过这里?"

林蝶摇摇头:"爷爷说,朝元图里面的形象就在咱们中国人的骨子里，所以我才能画出来。我没有来过这里，但是这里的形象就在我的脑海中。"

"可是你画的并不是这里，而是——西壁朝元图！"沈桐离抬起头来看着林蝶。林蝶笑了笑："你真的可以看懂？"

沈桐离："你画了西王母。东壁上是东王公，所以你画的是西壁。杜甫的诗中写的是五位主神，东壁一直以来都画了三位主神，你的西壁——也画了两位。"

林蝶感动得要哭，也有些疑惑："你真的可以看懂？可是为什么是你？"

风世彦打断了两人对话："骆教授提前一周叫你到这里画画，要找到可以看懂你的画的人。"转过头对着沈桐离，"两个月前，骆教授给你讲了《山乐》里面梧桐树和凤凰的事，告诉你晏殊的诗，要你看到第六个小人就到安乐村来。所以骆教授是很早就安排了这一切。可是美术馆那个黑衣人是谁呢？难道不是你？"

林蝶："黑衣人？"

风世彦："美术馆的红外监控监测到骆教授去世前曾经在三楼货运通道和展厅与一个人待在一起。当时展厅没有开灯，而货运通道的视频监控被人为破坏，所以我们猜测那人应该穿着黑色夜行服，破坏了监控。也是他用一把尖锐的短刀刺向教授。"

林蝶露出愤怒的表情，她看着沈桐离："是你？"

沈桐离："怎么可能是我！我为什么要那么做？"

风世彦："现在还不能判断是谁，不过我的同事会继续分析凶手的画像，到时候就可以缩小范围了。现在咱们需要知道怎么从这里出去。"

沈桐离："解开了教授的谜题，咱们就能从这里出去。"沈桐离拿着林蝶的写生本靠近墙壁，对照着看画："这些画中一定藏有秘密。"

林蝶发现墙壁似乎有些许变化，跟着沈桐离靠近墙壁仔细观察。

风世彦继续分析："从进到安乐村开始，我就发现我的手机不能使用，没有网络信号，你的呢？"

刑天点点头："手机上的时间也是停滞的，我的手表也停了。"

风世彦："所以我们不知道时间、地点，不知道这个'盒子'外面是什么。这个'盒子'的墙壁，很像是某种金属，这个我不好肯定。但无论如何，这都不是很正常的地方。"

刑天接着分析："我们刚才是在那面画着凤凰图案的庙墙旁边。林蝶首先看到了墙角的泥土在塌陷，然后——我们应该在安乐阁废墟的下面。"

风世彦摇摇头："安乐阁在五十年前曾经被搬迁过，整个过程进行了九年。这期间这里几乎每一寸土地、每一面砖瓦都被严格地考察过。现在留下的废墟，也多半没有什么价值。从那时候到现在，没有任何专家、学者、著作提到过安乐阁下面有这样的地宫。如果真的有，这五十年没有留下一丝丝痕迹。这几乎是不可能的事情。"

刑天："可是刚才咱们经历的那场波动——我感觉到的是泥土像是波浪一般涌过来——并不可能把咱们带到很远的位置。"

风世彦："我和你的感觉一样。所以其中一定有什么我们不知道的秘密。"

在风世彦和刑天讨论的时候，沈桐离拿着林蝶的写生本在墙壁上对照墙上的朝元图。林蝶感觉到沈桐离在动的时候，整个空间似乎在微微地颤动。林蝶不太肯定，在沈桐离不动的时候，她缓慢地挪动了一下，盒子没有动。林蝶故意对沈桐离说："沈桐离，你看看这边墙脚。"沈桐离赶快走到林蝶指的地方，整个"盒子"晃动了一下恢复静止。林蝶看着沈桐离，回想起刚才"盒子"转动的时候，是沈桐离首先转动整个"盒子"才转动的。而沈桐离靠近的墙壁上的图像，似乎也渐渐变得明显起来。林蝶不太确定自己的发现。跟随沈桐离在墙壁面前缓慢移动，确实看到墙壁上原来并不明显的线条，渐渐变得明显起来。林蝶自己跑到沈桐离背后的一面墙前，仔细看墙上的画，那些人物的线条并没有变化。林蝶又回到沈桐离身边，沈桐离正在看的这面墙上的画变得越来越清晰。林蝶问沈桐离：
"你有没有觉得这些画在变？"

沈桐离摇摇头："什么意思？"

林蝶："你靠近墙壁的时候，这些画的白描线条变得明显了。"

林蝶的话引起了刑天和风世彦的注意。沈桐离走到另外一面墙面前，林蝶指指刚才沈桐离站过的墙面："你们看，这面墙的画儿上的线条没有那么明显了。"

刑天和风世彦凑近看了看，没有看出什么，和他们刚刚进入这个空间的时候似乎差不多。两人赶紧到沈桐离面对的那面墙壁，靠近墙壁仔细看，刑天发出赞叹："确实不一样，这一面墙的白描人物线条更清晰一些。"

沈桐离："我现在到对面的墙壁。"

沈桐离挪动，林蝶又感受到了整个空间的震动。

风世彦："线条真的在变化！沈桐离，你做了什么？"

沈桐离："我什么都没有做，就是看着——等等，骆教授叫我要相信自己看到的。我感觉不出来线条的变化，因为我自己在看的过程中，这些线条就变了。同一件事情，我看到的可能和你们看到的不一样，就像朝元图。"沈桐离重新从上至下地看墙壁上的朝元图。

刑天回想起教授告诉自己的话，自己到这里是为了寻找地图，那个记载了西壁朝元图埋藏地点的地图，据说被守卫已经守护了几百年。刑天和他们三人一样现在被困在这个"盒子"里，地图在哪里？刑天觉得骆冰煜一定知道很多连教授也不知道的东西。

在沈桐离的视线里，面前墙壁上的朝元图很多细节慢慢显现出来。那些衣带飘飞的神仙神情安详地看着自己，每一位都拿着不同的器物，有礼器、法器、鲜花、水果、餐食盒等等——墙壁上的朝元图和美术馆展厅中展示的没有什么不同。沈桐离又看看手中林蝶的写生本，那上面的朝元图也像墙壁上的一样——沈桐离发现林蝶画的朝元图似乎和墙壁上的太过相像，除了主神不同，其他的神仙都很相似。可这是不可能的，东西两壁的朝元图各位神仙应该都有确定的面貌，不可能完全相似。沈桐离举起林蝶的写生本，对照着墙壁上的画。

沈桐离想起自己和骆教授的对话。

沈桐离问了那个问题："画工们怎么才能放大绢本小样呢？"

骆冰煜笑着说："光呀！你不会不知道的。"骆冰煜越走越远。

沈桐离看着刑天："你走到那边的角落去。"刑天很不满："为什么？"看到林蝶和风世彦都关切的表情，他只好按照沈桐离说的做，走到墙角。林蝶感到整个空间没有发生颤动。

沈桐离举起林蝶的写生本，对着刑天喊："现在，用手电筒照它。"

　　一束手电筒的光照向林蝶写生本其中的一页。透过写生本，这一页上画的内容投影到墙面上。沈桐离细微地调整写生本的位置和与光线的距离，终于将写生本上的画的尺寸和投影到墙壁上的差不多大小。

　　林蝶看着自己的作品被引现到墙壁上，仔细看所有线条和色块的重叠，沈桐离和林蝶同时喊出了声："有字！"

　　风世彦和刑天赶紧过来，却并没有看到什么字。

　　林蝶给他们解释："我画的朝元图放大了之后，找到墙壁上相同的位置，两幅画的重影部分就显示出字迹来。这是'西'字。"

　　沈桐离："这是'荒'字。"

　　刑天和风世彦也在墙面上寻找。刑天勉强对着下半部的一处说："这里像不像凤凰的'凤'字？"

　　沈桐离看了一眼："是'凤'字。"

　　越来越多的字被看到。风世彦则一个都没有找到。其余三个人一共找到七个字，除了前面的三个字，剩下四个字分别是"州""鹤""欲""离"。林蝶和沈桐离都在嘴里反复念这七个字。

　　"西州凤鹤欲离荒？"

　　"荒州西凤鹤欲离？"

"荒鹤州西欲凤离？"

风世彦："西州荒鹤凤欲离。"

刑天看向风世彦："你刚才说什么？"

风世彦自己没有意识到："西州荒鹤凤欲离。"

刑天看向林蝶和沈桐离，不敢发声，直觉告诉他就是这句诗，但这时候无论如何不能暴露自己，所以他在等着林蝶和沈桐离自己发现。

沈桐离和林蝶很快也反应过来。

林蝶："西州荒鹤凤欲离，似乎在告诉我们另外一个地方，那里很荒凉。"

沈桐离："西州应该在现在的陕西甘肃一带，西州之外的荒壑，现在应该是千格地区一带。"沈桐离看着墙壁上分布在画面不同地方的字，这些字被一些衣饰的线条连接了起来。他说："林蝶，你看连接着这些字的线条。"

林蝶："我也注意到了，这似乎是——一张地图！"

刑天听到地图两个字，突然明白了教授给自己的信息，暗自思忖："自己一直以为地图是一张真正的地图，或者是一个卷轴，没有想到是以这样的形式出现的。如果这一切都是骆冰煜布的局，那骆冰煜一定有更大的阴谋隐藏在背后。教授知道的还是太少了，林蝶和沈桐离是解开骆冰煜背后秘密的关键。"

沈桐离已经开始根据两张画重叠显现出来的面貌开始

画地图，林蝶在旁边帮忙。风世彦举着手电的胳膊有点麻："你们真的看到了地图？可不可以快一点，我的胳膊都失去知觉了。"

沈桐离画得很慢："快了，快了。"

风世彦换了一只手，在光影交替的瞬间，刑天似乎发现闪光的东西，赶紧叫风世彦："把手电关掉。"

沈桐离愤怒道："你胡说什么？"

刑天："相信我，把手电关掉！"

风世彦关掉了手电。这面墙上刚才在光影下出现的地图和那句诗，每个线条、每个字都闪烁着光亮——整张地图在墙壁上闪闪发光。

几个人都被眼前神奇的景象惊呆了。刑天拿出手机拍下了这神奇的一幕。"手机没有信号，也没有时间显示，因为手机的时间也是靠信号校对的。可是照相机是内置功能，所以——"刑天调出照片给众人看，"可以拍照的，我手机的像素还不错。咱们毕竟在 21 世纪不是吗？"刑天拍下的照片清晰地显现出墙上光亮的地图。

其他几人也赶紧用手机拍下来。沈桐离也丢掉写生本，拍下墙上的地图。

林蝶："千格地区那么大，这地图所指的是哪里呢？"

沈桐离笃定地说："拜城附近，应该是克孜尔石窟。"

其他几个人都不约而同地反问："克孜尔石窟？为

什么？"

沈桐离："如果你们去过，你们就知道了。"沈桐离从手机里调出一张照片，上面就是克孜尔石窟的地图，对比墙壁上依旧闪烁的地图，的确一模一样。

风世彦："克孜尔石窟有很多，这个具体的地点又是哪里呢？"

沈桐离："'凤'字所指的这里。"

风世彦："好的，可是我还有一个问题。"众人看向他。"你们有没有想过，咱们怎么从这里出去？"

三个人都被这个问题打击到，莫衷一是。四个人靠着墙坐在地上。刑天："不合理，咱们明明是被卷进这里的，却没有任何出口，几面的墙壁都是死的。"

林蝶想起刚才沈桐离运动时发生的事情："沈桐离，你如果运动这个'盒子'也会动。"

沈桐离有点不敢相信："什么？"

林蝶："刚才咱们奔跑的时候，'盒子'在滚动。可是最初是沈桐离在跑，带动了'盒子'运动。后来我又发现了几次这种现象。我运动这个'盒子'不动，而沈桐离运动，'盒子'也会跟着动。"

众人看向沈桐离。沈桐离笑道："不可能。我现在就跑起来，你看——"沈桐离一边说一边朝着对面跑，林蝶赶紧靠着墙坐下，而刑天和风世彦则依旧坐着。结果'盒子'

朝着沈桐离跑的方向晃动了一下，风世彦和刑天都因为这次动静摔倒了。

林蝶："我虽然不知道出口在哪里，不过我相信如果沈桐离快速奔跑，这个'盒子'就会动。这样就可能找到出去的办法。而沈桐离如果奔跑起来，我们也必须奔跑，因为整个空间都在运动，我们不跑，就会摔倒。"

刑天："可是这样真的可以找到出口吗？"

林蝶："我不知道。但是我知道，试试也许我们可以有新的发现，但是不试就一定没有机会。"

风世彦："虽然林蝶的推论毫无逻辑，但也确实是我们目前唯一能努力的事情。"

11

风世彦和沈桐离都失去了联系，最后的信号出现在吕梁山区——明力担心风世彦遇到危险，这样的情况前所未见。这是除夕前一天。昨天晚上，整理整个案件的资料忙到半夜，明力索性就在办公室没有回家。清早就发现风世彦的手机处于无法接通的状态，这在执行任务过程中是不常见的，风世彦作为自己最优秀的手下，不会犯这样的错误。明力一方面安排干警继续联系风世彦和当地警方，另一方面继续调查辛宇琦所在李德集团的资料。

不一会儿，关于风世彦的消息传来：风世彦和沈桐离最后出现在前往安乐村的路上，估计两人现在在安乐村。当地警方告诉明力，安乐村有一个奇怪的现象：手机一直没有信号，当地通信部门也做出了整改，但是效果甚微，没人知道是什么原因。

另一边，李德集团的资料堆积得像一座小山。当然，调查这些资料并不是最大的难题，至少干警们知道该从哪里下手调查，仅仅是资料过多需要时间而已。骆冰煜去世前留下的这些谜题，尤其是《八十八神仙卷》，则让明力感到无从寻找头绪。明力想到了一位专家：季薄钊。曾宣也曾经说过，季薄钊、骆冰煜、墨铃是当今研究古画领域的三位重量级专家，这三人的关系也极好，所以关于骆冰煜的突然去世和留下的谜题，季薄钊教授可能会提出对破案有帮助的见解。

可是这位专家非常忙，而且除夕即将到来，就更难约了，还是局长动用了关系，季教授才给自己一小时的时间。

明力不敢耽误，赶紧带上干警前往季薄钊在大学里面的办公室。

这时候，曾宣的电话打来："明警官，你知道沈桐离在哪里吗？"

明力热情地回答："我们昨天就让他回家了，不在宿舍吗？"

曾宣有些焦急："我们不要兜圈子了明警官，沈桐离家里出事儿了。我知道你们一定有人跟踪他，告诉我他去哪儿了？"

明力："为什么你不直接给他打电话？"

曾宣："他的电话今天一早就不通。"

这一点明力是知道的，只是故意在试探曾宣，想知道曾宣的反应。"曾馆长，沈桐离家里到底出了什么事儿？"

曾宣着急地说："他的舅爷——他唯一的亲人墨铃老人今天一早急救住院了。"对于这样的消息明力也无能为力，他也无法联系自己的警察，明力告诉了曾宣。曾宣表达出明显的不信任，挂掉了电话。

明力赶到季薄钊教授的办公室时，季教授正在参加一个研讨会，他们只好在教授堆满图书的办公室里等着。不一会儿，曾宣出现在季教授的办公室。两人都有些意外。

很快，季教授结束研讨会回到办公室。季薄钊教授是一个声音洪亮、身材魁梧的老人，满面红光，活力无穷。他和蔼地微笑着在满是书的小办公室与众人打招呼。因为和曾宣特别熟，首先欢迎的就是曾宣。

看到众人的表情不对，季教授首先询问："似乎快到春节的时候，中国人的事情会突然变多。曾宣啊，你和这位明力警官是认识的吗？"

曾宣点点头。

季薄钊笑着："我接到李局长的电话，还有一点意外，不知道我这样一个做学问的人该怎么帮到你们呢？"

明力简短地说明了来由，希望了解《八十八神仙卷》和《山乐》这两幅画，简单地说这幅画和一个凶案有关。曾宣红着眼睛告诉季薄钊："骆冰煜教授被人杀害了。"

季薄钊教授听到这样的消息，手上的茶杯都掉落到地上，几乎站不稳，浑身发抖，半晌才吐出几个字："老骆怎么会有这样的结局！"他将眼镜取下来，擦拭眼角的泪滴。

明力能够感受到这种年纪的人失去挚友的感觉。季薄钊教授立即表示，只要自己办得到，无论什么时间、无论什么问题，自己都知无不言、言无不尽。

正午的阳光照进季薄钊不大的办公室，明力等几个人开始一段并不轻松的求教。明力一边虚心地听，一边观察季薄钊教授的办公室——到处都是书，和骆教授的办公室一样。让明力印象深刻的是，其中有一些书是关于量子力学、物理学、生物科学的，明力暗暗惊叹，虽然季薄钊教授是关于中国古代绘画艺术的专家，可是涉猎真的很广泛。

季薄钊教授听到骆冰煜的死讯悲伤不已，更令他悲伤的是曾宣带来的另一个消息：墨铃老人今天突发疾病住进医院。害怕进一步刺激教授，以至于损害教授的身体，明力等人并未在季教授办公室待太长时间。

回到警队的明力意外地接到了季薄钊教授的电话，电话里的声音听上去显得很疲惫。明力毕恭毕敬地接完这个国学大家的电话。

季薄钊："明力警官，我的老朋友骆冰煜的意外去世让我很悲痛。我也老了，睡眠很少，抱歉刚才没有控制住情绪。但是有一件事情我还是想告诉你们，除了我之外，我不知道还有谁能告诉你们这件事情。"

明力温和地说："您说，如果需要，我可以现在去您的办公室。"

季薄钊："不用了，电话里说吧。我和墨铃、骆冰煜在我们都才几岁的时候就认识了。那时我们都在安乐村里，我们的父母天天在搬迁那座安乐阁的工地上忙碌，我们几个就是彼此的依靠。他们突然遇到这样的不测，说实话，今天你们来找我的时候，我有点不太能接受。骆冰煜和墨铃是我们国家的宝贵财富，他们就是宝库。所以我已经叫我在千格地区的学生尽可能照顾墨铃。"

季薄钊说到这里，声音有点哽咽，顿了顿才接着说："这几年，我们分别在不同的工作单位，骆冰煜主导艺术和中华传统文化的传播，而我则在大学里面教书，也老了，互相走动的次数并不多。可是前几年，我发现骆冰煜在研究一些不那么学术的东西。当时我也告诫他，我们的祖先认识世界的方式也有糟粕的一面，希望他能够保持学术研究的客观性，可是他似乎有自己的观点。我推断不出来到底是谁杀害了骆冰煜教授，可是我觉得和他研究这些东西有一定的关系。李局长给我介绍你的时候，告诉我说你是学者型的刑侦警察，是国学爱好者，我才放心将这些告诉你，我担心没有学术精神的警察并不了解。"

明力内心里对季薄钊和李局长有一丝感激，可是对于季薄钊想要表达的，还是不那么明白，所以问："季教授，您的意思是说……"

季薄钊："骆冰煜一直相信存在一个或者几个和我们生存的世界平行的世界，或者叫作时空。而且他认为历史上一直有人知道这件事，并用朝元图将这个平行世界的秘密保护起来。"

明力："我不太明白。"

季薄钊："其实，关于世界上存在所谓神秘的超自然力量的说法，一直是被科学界否定的，我是搞文史的，虽然并不太懂什么量子力学、什么宇宙波，但是心中还是有朴素的科学观念。我曾经劝过老骆，我也不知道是什么原因让他这样一个学者开始搞这些神神秘秘的东西。"

明力："可是，这种思想上的变化和骆教授的被害有什么关系呢，您有什么看法？"

季薄钊："这其实是比较可悲的一件事。我们身边有很多人，可能内心里还是有这样的认识，也就是将希望寄托在那些虚无缥缈的神秘力量身上。这样的毫无根据、几乎是石器时代的思想在当下的社会仍然有很大的市场。老骆是一个学者，进入这样一群蒙昧的人当中，我觉得是比较可悲的一件事。我一直觉得老骆去世的举动太过怪异，甚至到现在都不愿意相信那样的姿势，也不相信留下的诗句会是骆冰煜做出来的。他怎么能在生命的尽头仍然执迷不悟！"

明力："我很理解您的感受。"

季薄钊："如果你想要了解骆冰煜关于平行世界的研究，我这里倒是有一些他这两三年中陆续给我的资料。你有空时可以了解一下，也许对于破案有帮助。不过，请答应我，不要让那些媒体知道这些消息，我不希望传播任何关于蒙昧的东西。"

明力内心被感动了："放心，我一定会严守秘密。"

关于对媒体的态度，明力和季薄钊一样，同样不希望尚未明确的事情在民众中传播。很多时候，传播本身就会形成一定的偏差，就像光线穿过透明的水面，虽然透明，但是光线发生了折射。关于这次的案件，由于快要过年，骆冰煜教授又是这个国家和这个城市的文化名人、知名学者，他的突然离世，已经在网络上形成了一个热点。两天以来，明力拒绝了所有媒体的采访要求——即便这样，现在也在网上形成了很多吐槽的观点。明天就是除夕，不用说，馆长在开展前突然离世，给网民们提供了演绎充满戏剧性的故事的好元素。有时候，这个全面娱乐化的自媒体时代也带来一些说不清道不明的困惑。网上说什么的都有，已经出现了很多版本的谋杀推演：其中有说穿越的；有说骆冰煜是被间谍杀害的，因为教授发现了宇宙的秘密；也有说教授是贪污畏罪自杀；等等。明力知道，一件事没有证据就不能有任何的结论。这个充满着诗句和古画的案件就像高考考题似的，每一步调查工作的前进，都会用到很多的知识。

季薄钊给明力发来了很多资料，里面并没有骆冰煜关于平行时空的论断，却有很多关于朝元图的研究，包括年代、笔法，每一位神仙背后的故事、来历和对应的可能的真人考证，神仙的礼器、衣物、发饰，等等。关于朝元图方方面面的细节几乎都有专门的论述。

同时，关于李德集团的财务调查取得了一些进展。

三年内，美术馆频繁地购买了一些宋画的仿画或者和商周有关的文物。其中绝大多数的交易，在卖家的名字里，都会出现骆浚、林慧、沈坤的名字，有的是单独作为卖家，有的则是和一个机构共同作为卖家。可是奇怪的是，这些人在几年的时间中陆续因为各种情况去世。在这些交易中，李德集团的影子也总是出现，并且李德集团下属的一些子公司经常中标成为美术馆的供应商，也经常成为藏品的销售方之一。

美术馆是一个公益性的机构，它的资金来源主要是政府拨款、社会企业及个人赞助；美术馆的资金走向接受社会监督，只能用于美术馆自身的学术建设和美术馆建设。骆冰煜所在的美术馆由于是全国甚至是全世界都比较有名的美术馆，所以这几年，在国家重视文化的大背景下，赞助的企业络绎不绝。而正如季薄钊教授所说的，美术馆这几年在购买馆藏品方面显然是有些异常的。与此同时，美术馆还不断地投资参与全国很多地方的壁画、古画的保护修复工作。近三年，美术馆这两方面的开支居然超过三个亿。而李德集团下属的企业则是很多项目的服务商。

　　明力脑海中渐渐地理出一条经济犯罪的路线，这一系列的操作，最终形成的是一个完整的利益链条：利用公益的机构将赞助商、政府的钱先圈进来，利用文化类项目虚报数字，或者用第三方文化服务商再将钱导出去。这里，骆冰煜真的只是一个被利用的人还是主谋？包括那些人又真的是意外死亡的吗？这时候，明力不禁想到一个人——曾宣。明力还记得前一天晚上和李德集团的董事长，也是曾宣的前夫辛宇琦不期而遇的场景。这两个人虽然离婚，但是那天晚上他们看上去关系融洽，这样的一对夫妻，究竟是真的离婚还是为了隐藏财产？他觉得自己正在越来越接近案件的真相。

　　不经意间，这一天已经到了夕阳西下的时刻，把明力从成堆的文件中拽出来的是风世彦的电话。风世彦的汇报让明力重新陷入迷惑当中。

12

当林蝶提议大家随着沈桐离在这个"盒子"里快速奔跑的时候，刑天有一刻觉得身边的三个人有一种亲近感：他自己的生活不就像是被困在一个黑暗的盒子里吗？周围有很多信息，但并不知道路在哪里，也不知道结局是什么，甚至不知道是如何来到这样的世界当中的，可是当他找到一个方向，也许并不清楚结果，也不知道过程如何，他依旧会义无反顾地跟着这个感觉去行动。

这样的感觉同样出现在风世彦、沈桐离和林蝶心里。面对未知的空间和停滞的时间，他们只有不断尝试才有机会——事实上他们的人生也是如此：不知未来，但仍要奔跑。

四个人此刻步调出奇的一致，做出同样的开始动作，朝着一个方向快速奔跑起来。这个画满了朝元图的盒子也沿着几个年轻人奔跑的方向快速旋转起来。林蝶看到了神奇的一幕：这些神仙似乎生动了起来，呼吸着、运动着，成为和他们一样的人类，又或者并不一样。这些神仙头上的光环发出温暖的光芒，衣饰随着微风浮动，鲜花盛放，龟兹乐坊似乎奏出迷人的音乐——林蝶迷惑于自己看到的究竟是真实的还是整个空间旋转带来的幻觉。尤其是龟兹乐坊，里面的仙女似乎朝着自己微笑。林蝶不禁用手抚摸龟兹乐坊一位仙女的衣襟。一瞬间，他们被波形的巨浪卷起来，慢慢地，周围围绕着泥土和砂砾、石块，他们像刚进来时的经历一样，只是波形朝着相反的方向。几个人被轻易地抛向外面。

石块和砂砾让四个人感觉在经历一场沙尘暴。他们被重重地抛在山坡上。

四个人嘴里都是沙子，不住地咳嗽，身上也多多少少都有一些伤。虽然如此，他们都有一些劫后余生的幸福感，微笑着互相拥抱。仅仅一会儿，就感觉到尴尬，赶紧分开。

刑天已经决定要离开这三个人，理由也很好找：明天就是除夕了，他要回家去看望养育他的教授。

林蝶莫名地有些不舍，在刑天转身的瞬间，她拉住刑天的胳膊，将自己的写生本送给他。

风世彦带着沈桐离和林蝶也坐上车离开。两辆车沿着同一条路开出山区，在山下的分岔路口开向不同的方向。

刑天给教授汇报了在"盒子"里的全部所见所闻，并且给教授发送了在"盒子"里拍摄的那张闪光的地图照片。教授给刑天下达了新的命令，刑天搭上了飞往千格地区的飞机。

风世彦和沈桐离都接到了墨铃老人病危的消息。风世彦和沈桐离安排一名当地的警察将林蝶送上回绿藤市的高速列车，他俩直接来到机场，搭最近的飞机飞往千格地区。

　　云层之上，刑天坐在飞往绿周市的飞机上心情阴郁。阳光分外耀眼，充满力量，可以填充每一个阴暗的角落——刑天非常喜欢这样被阳光包围的感觉，这让他想到自己的妈妈，她一边干着活儿，一边给刑天讲："你看到树上的叶子是绿色的，其实并不是绿色的，是光照在上面的样子，所以每一片叶子都绿得不一样，因为光不一样。"刑天的嘴角微微露出微笑。又像见到了教授，教授说："虽然我们现在做的事情，看上去像是坏事，可是，事实上我们做的是好事，对于那些守卫来说也是。"刑天在阳光的包围下进入一个混乱的梦境。

　　周围都是穿着古代衣服的人，人们摩肩接踵地沿着宽大的石阶向上走，台阶的终点是平整的广场和宏大的道观。道观的院墙有近百米长，上面画了由真人大小的人物组成的朝元图。一位位神仙衣饰飘飘，神情庄重温慈。刑天被这样的场景所震撼，墙壁上的朝元图人物和自己在那个盒子里看到的一模一样。周围的百姓无不谈论着这幅朝元图，像是看偶像一般看着墙壁上的神仙们。刑天知道，这座道观的朝元图刚刚画好，这是第一次迎接信众的目光。

　　刑天上前问："这是哪一年？"

　　被问的人露出疑惑的表情："公子穿得奇怪，莫非是西域来的？"

刑天："现在是哪个朝代？"

被问的人露出笑容："大唐初立。"

刑天一转身，空间就变了。有人在铲除墙壁上的朝元图，那些精美的壁画，那些手执礼器、鲜花的神仙，连带后面的泥土，被胡乱地铲下来，堆积在石板地面上。刑天有一些心疼，想要阻止，却无法出声，看着朝元图上的神仙被肢解，掉在地上破碎，碎片堆积在一起，神仙们却依旧在交叠的碎片中，残破地保持庄严且慈祥的神态。刑天有些着急："为何要铲除他们，停下来！停下来！"

来了几个官兵模样的人将刑天抓起来："莫不是李唐后人。先抓起来。"刑天挣扎着，发现这些官兵以及那些干活儿的工人穿戴都变了，知道此刻已经是另外一个时间，他问："现在是哪年？"

那个官员装扮的一脚踢到刑天身上："笑话！淳化五年。这都不知道！"

刑天被抓走，他看到壁画的碎片被投入洛河当中，非常悲伤，空间再次不知不觉地变化。刑天有一些恍惚，看不清楚周围的人和物，只能够看见朝元图上的神仙围绕着自己旋转，就像是在"盒子"里那样。刑天有一些迷惑，茫然地看着周围的神仙，一瞬间，发现一张似曾相识的脸孔——仔细看，那是妈妈。刑天回忆起了妈妈的脸庞——

妈妈依然是刑天八岁时的样子，刑天向着妈妈的方向奔跑——回到了人们铲除朝元图的时刻，一瞬间又到了朝元图刚刚画好的时刻，人们争相祭拜。妈妈越来越远，刑天拼命呼喊、奔跑，可只能一动不动地在原地，连奔跑的姿势都无法做。惊慌之中，刑天醒来——温柔的女声提示："请大家收起小桌板，调制座椅靠背，打开遮光板。飞机将在三十分钟后降落在绿周市国际机场。"

绿周市的夕阳非常美丽，第二天就是除夕，绿周市和所有地方一样，到处都张灯结彩地呈现出过年的喜庆氛围。沈桐离和风世彦从机场坐上一辆出租车，直奔向医院。

临近元日的夕阳很短暂，沈桐离到医院的时候，天已经全黑。沈桐离在病房里看到了瘦小的舅爷墨铃，身上插满管子，心脏检测器勤劳地监测着老人的心跳。沈桐离无声地走到床边坐下，风世彦在护士站询问病情。

临近除夕，很多病人都提前回家了，舅爷病房的病人也都回家了，病房里有些空。墨铃不知道什么时候醒了，看到沈桐离露出慈爱的笑容："回来了，累坏了吧？"

沈桐离摇摇头："不累。"

墨铃："我总觉得躺在床上的应该是你，你看上去比我老多了。"

沈桐离："您今年不才二十岁吗？"

墨铃："二十五岁，你这都记错啦。二十岁太嫩，女孩子们都不喜欢。"

沈桐离："现在的女孩子们喜欢的可奇怪了。"

墨铃："你个单身狗说女孩子们奇怪，我看是你才奇怪呢。"

沈桐离："爷爷，我觉得你没有那么俗啊，怎么也学别的老人们一样催婚？"

墨铃："过年了，灵魂拷问还是要有的，不然就不像过年了。有女朋友了吗？结婚了吗？结婚的话生孩子了吗？我也是应个景。"

沈桐离笑着流出泪来，风世彦在门外听到，也会心地一笑。

墨铃："那是你朋友？"

沈桐离不敢告诉舅爷关于骆冰煜的事情，他知道，骆教授和舅爷几乎有五十年的友情，担心此刻身体抱恙的舅爷再受打击。于是给风世彦使了眼色，风世彦心领神会，赶紧说："舅爷好，我和桐离是同事。"

墨铃："同事？你也在美术馆工作？做什么？"

风世彦有点答不上来，沈桐离赶紧说："和我一样，布撤展，做小工。"风世彦赶紧点点头。

沈桐离狡黠地看着墨铃："我问问大夫，明天能不能回家。"

墨铃："回家还用问吗？这次真的是我不想回家。"

沈桐离："爷爷，以前每次住院您都偷着往家跑，这次怎么变得这么乖巧了？是不是认识了新的微商？"

墨铃："我是买了保险。"

沈桐离："哪个奶奶卖给你的？"

墨铃："还真是微信上的，她还在卖保健品。"

沈桐离："您看看就好，可别当真啊。"

"我当然当真啦。我又不像骆冰煜那个家伙，骆冰煜怎么样？有没有什么老家伙的绯闻？给我说说。"墨铃露出一副听八卦的表情，"那个老家伙，几年前就传出来绯闻，总是想当网红。"

沈桐离眼眶有点红，但是忍住了岔开话题："爷爷，您也知道网红？"

墨铃："骆冰煜就是个网红。你给我说说他，他的手机突然打不通了。"

沈桐离不知道该如何接话，他一直不会说谎，所以这个时候紧张的双手绞在一起。墨铃了解沈桐离，似乎看出了有隐情。他转变了表情："桐离，骆冰煜那家伙到底怎么啦？不会生病了吧？还是……"

墨铃有点激动，浑身都发抖起来。在心底里，墨铃似乎猜出了答案，但是不愿意相信。

沈桐离眼角泛着泪光，抬起头来看着墨铃："爷爷，就像你讲过的故事，它发生了。骆爷爷走了。"

墨铃靠在床上，眼睛愣愣地看着天花板。沈桐离的眼泪也不争气地流出来。风世彦不知所措地站在门口，不自觉地分析沈桐离的话：难道墨铃老人之前预见过骆冰煜的死亡？墨铃的病房陷入安静之中。

　　不知道爷孙两人沉默了多久，墨铃首先打破了沉默。

　　墨铃："骆冰煜的手指很细，胳膊很细，从小就这样。"

　　沈桐离："嗯。"

　　墨铃似乎没有那么忧伤，暗自笑了起来："有一年，也是快过年的时候，记得好像是1981年还是1982年，那时我们都没有见过大海，第一次到了广州，见到珠江的时候，以为是大海。骆冰煜激动的呀，站在边上就大喊：'大海啊，我的故乡！'结果旁边的一个广东人赶紧用鸟语花香的普通话告诉我们：'辣系居江啦，不系大海。'"

　　沈桐离："什么意思？"

　　墨铃笑着说："那是珠江啦，不是大海。"

　　几个人都笑了。风世彦问："你们那时是学生吗？一起学画画的？"

　　墨铃："也算吧，其实那时我们三个都三十多快四十了，还在上学。那年我们在广州采风，本来在一个小村里，快过年了，就到了广州市。"墨铃的思绪回到了20世纪80年代中期。

　　20世纪80年代中期的广州是一个活跃的地方，潮湿的带有些许腥味的空气填充着角角落落，包围着从对岸过来的形形色色的商品。生活在当下的人们很难想象当时的广州对于广大的中国内地是一个什么样的存在。用现在的眼光来看，当时琳琅满目的商品也许多半都会归咎成垃圾，比如电子表，比如花里胡哨的男款衬衫，能够被历史留下来的商品着实不多。可是对于墨铃和骆冰煜他们几个学画画的穷学生来说，在摆满很多商品的市场上走一圈，带来的刺激不亚于现在看到一个停满了超跑的停车场。

季薄钊、墨铃和骆冰煜已经听说过电子表，那种不用上发条就能自动显示时间的神奇东西，再加上颜色鲜亮的塑料表带，如果戴到手上，就只说明一件事：你很有钱。

其实那时的广州小商品市场仅仅是一条街道而已，除了琳琅满目的新鲜玩意儿之外，这里还有一个非常迷人的地方——买东西不需要票，只需要钱。

现在的人们无法想象在那样的时代，任何的消费都需要票据是什么感受。买米买面需要粮票，成衣是很少的，买布做衣服是很多普通人家的选择，买布是需要布票的，更不用说家电什么的了。总之，仅仅有钱是换不回所需要的东西的，除了在这座城市的这条街道。

三个人看到一个小摊上有人在卖电子表，那可是最时髦的东西。可是三个穷学生哪有钱买电子表这种昂贵的东西，墨铃和骆冰煜仅仅看看，都没敢往前凑。季薄钊朝前面凑，并且蹲在人群里。墨铃拉住季薄钊："小钊，咱们哪来的钱，快走吧。"

季薄钊："不是，这个老板说只要两块钱，墨铃，两块钱，想拿多少拿多少！"

墨铃："哪有这种好事？"

这时候，听到老板用比较标准的普通话说："小兄弟说得对，来试试吧，刚才那个一把抓走了七八个表哩。"三个人朝旁边看过去，在他的摊儿旁边放了一个小口的坛子，老板让所有成年人花两块钱伸手从坛子里捞，能捞出来多少块电子表，就算多少块，只是出来的时候不能碰到坛子口儿。要知道，那时候，一块电子表要二十多块钱，墨铃他们一个月的饭钱也就是五块多。老板为了吸引这些人，抱着坛子对着墨铃他们晃，可以看到里面满满的都是电子表。有几个人陆续试了一下，大部分人伸进去都很简单，可是抓满电子表出来，就不容易了，要么出来的时候会碰到坛子口，要么抓到手里的电子表掉得一块不剩。陆续又有好多人花两块钱试试运气，可是，几乎没有人能完整地捞出一块电子表。

每次有好几个人花完两块钱一无所获不想玩儿的时候，总会不失时机地出现一个女孩子，她能捞出很多电子表而碰不到坛子口儿，于是大家又都像打了鸡血似的纷纷用两块钱试运气。墨铃、季薄钊和骆冰煜三个人也想试试运气，可是他们只能凑出两块钱，墨铃认为肯定不行，准备走。季薄钊拦住了大家。

沈桐离："那后来呢？"

季薄钊发现了老板的秘密，每隔一段时间就去坛子里抓电子表的女孩子，手指细长，胳膊很细，每次都是像镊子一样抓住电子表的表带。更重要的是，季薄钊发现每次都是同一个女孩子。季薄钊叫骆冰煜去抓电子表，而且告诉骆冰煜只能用手指夹，手在坛子里不要着急，在坛子里把电子表表带简单整理一下再夹出来。

墨铃哈哈笑着："骆冰煜这个家伙胳膊是真细啊，而且，老板不知道，骆冰煜是画工笔的，手指头也有劲儿，他那伸进去的手指头一夹，抓了一大把出来。瓶口窄啊，掉了好多，骆冰煜聪明，他转着圈地出来，你猜他捞出来多少块电子表？"

沈桐离："多少？"

墨铃一个劲儿地笑着："六块！足足六块电子表。我和季薄钊一人两块，他自己留了两块。那时候，我们像赚着了大钱似的。"

大家哈哈大笑起来。墨铃随即陷入悲伤："那时候我们都没想到我们会老，但是人都会老的，也会死的。老骆呀，这家伙死得一定很绚烂吧。"

沈桐离点了点头，慢慢地，他告诉墨铃骆教授去世时候的细节。墨铃听着一边流泪一边笑："这家伙！他真的做到了。"

沈桐离和风世彦都有些懵懂同时又十分感动。

墨铃看着两人，温和的目光像是某种动物，风世彦想到了熊。

"你们是不是去了山西安乐村？"

沈桐离点点头："骆教授给我讲过，当《山乐》那幅画上的第六个小人出现的时候，去山西安乐村。"

墨铃安详地说："说说吧，你们进到那个'盒子'了？"

沈桐离正要给舅爷讲那个奇怪的盒子空间，没想到舅爷却提前问了。风世彦越来越觉得眼前的墨铃一定和骆冰煜的死有关，但骆冰煜究竟是不是被杀，风世彦产生了怀疑。沈桐离详细地给舅爷讲述了他们在'盒子'里的经历。墨铃就像是在现场一般，和沈桐离一起回忆了很多当时沈桐离并没有注意到的细节。

比如"盒子"里一共有六面，六面都一样大小，也都画着一模一样的朝元图，他们最后奔跑的时候只能沿着其中四面形成的路径奔跑，可是最后出来的时候如何将六个面都跑到的？这一点风世彦当时感受到了，他们跟着沈桐离奔跑，并没有沿着直线，而是斜线，这样他们从他们所在的地面到墙面再到天花板，慢慢就偏离到了其他的面，而他们在离开之前，应该是将"盒子"所有的六个面也跑到了。沈桐离并没有发现这一点，在墨铃老人的提示下，才恍然大悟，但并不知道这有什么意义。

风世彦插嘴："我们当时在里面感觉是在朝前跑，但事实上从外面看的话，我们奔跑的路线是螺旋形的。"

墨铃笑着点头："从不一样的角度看同一件事，我们的收获不一样。我和骆冰煜还有季薄钊小时候和你们一样，在生活中偶然遇到。一开始什么都不知道。当我们学会了从另外一个角度看待我们自己，我们的另外一面也自然就出现了。我们就成了守卫。"

沈桐离："你们成了守卫？"

风世彦："守卫什么？"

墨铃哈哈大笑："很多事情，只有体验了才能真的知道。就像你们进入的那个画满朝元图的'盒子'。如果不是你们真的体验，你们会相信安乐阁的废墟下面会有这样一个神奇的空间吗？现在，我领你们找到正确的问题。你们就不想知道你们是怎么进去的，又是怎么出来的吗？"

沈桐离和风世彦都点点头。

墨铃："其实，从出生，我们的生命就像那个'盒子'。我们一生中要经历什么事情，我们自己究竟是什么样的人，我们会有什么样的事业、生活，会遇到什么样的朋友、爱人，我们年轻的时候都不知道。我们能够看到一些东西，但又看不清楚。但是我们会因为看不清楚未来不去奔跑吗？

不但要奔跑，还要和你能够遇到的人一起奔跑。因为只有这样才能找到出路和方向。桐离、世彦，那个'盒子'就是你们脑海中的另外一个世界。"

桐离："它是真的吗？"

墨铃："是真的，所以你们会感觉到。但也不是真的，除了你们，别人感觉不到，也完全没办法进去。"

风世彦有些不敢相信："不可能，这不科学。"

墨铃笑着："什么是科学？"

护士小姐进来将墨铃的吊针拔掉，几个人暂时都保持沉默。

墨铃："现在说说你们是怎么进去的。"

风世彦和沈桐离都关注地看着墨铃。

墨铃缓缓地说："咱们去一趟拜城，去克孜尔千佛洞吧。"

沈桐离似乎不敢相信自己的耳朵："不行！舅爷，您还在住院，不能去那么远的地方。"

墨铃狡黠地一笑："对付大夫，那还不容易！"墨铃转向风世彦："你就不想知道骆冰煜那家伙到底在想什么？他为什么死的？"

风世彦一开始犹豫，很快笃定起来。

墨铃看着两人："我都八十了，还不能自己负责自己吗？这些管子让我很不舒服，打针也是，还不如让我到壁画那里。"墨铃老人双眼炯炯有神，似乎露出顽皮的眼神。

墨铃告诉两个年轻人："大年初一也被叫作元日，每逢这一天，人们都穿戴一新，一大早就出门去祭拜先祖。朝元图，就画下了这一天的情景。明天去克孜尔千佛洞，会有非常重大的发现。"

深夜，沈桐离和墨铃都睡熟了。风世彦也昏昏欲睡，可是他觉得自己的状态有些奇怪，作为警察，他知道整件事情的起因是一起凶杀案，所以即便多么奇幻，这整件事情中一定有自己不知道的危险事件存在，保持警惕是风世彦必须要做的。可是这时候睡意袭来，风世彦渐渐趴在了床沿上。

在月光中，一个黑影进入病房，看着陪护的沈桐离，举起尖锐的匕首。沈桐离睡梦中喃喃自语："克孜尔千佛洞那么远。"黑衣人停止刺杀，滞留了一会儿，从窗户离开病房。风世彦勉强睁开眼睛看到一个黑影从窗户跳出去，但浑身无力，又闭上了眼睛。

13

林蝶到绿藤市的时候，明力亲自去机场接，他已经从风世彦的汇报中知道了他们四个人在安乐村废墟里的神奇经历，明力希望第一时间见到林蝶，想从这个亲历者口中了解更多细节。在高铁接站口，明力见到了曾宣。

中国春运的火车站是世界上最繁忙的地方之一。站前广场上人来人往，明力警惕着过往的每一个人，同时保持和曾宣不远不近的距离。在明力心里，这个女人和整个案件不无关系，但目前不知道她扮演着什么样的角色。

　　人群中出现林蝶悲伤无助的脸，整个人像是木偶一般被陪同的女警扶着胳膊。曾宣先一步走到林蝶面前，见到曾宣，林蝶的悲伤一下子爆发出来，扑进曾宣的怀里大哭起来："曾姐，世界上就剩我一个人了。"

　　曾宣抱着林蝶不住安慰。

　　林蝶一脸平静地出现在明力的办公室，曾宣在外间等待着林蝶。明力尽量用柔和的语气和林蝶说话："听说你还有一个名字叫林蝶？"

　　林蝶点点头："用我妈妈的姓给起的，她姓林。"

　　明力："你爷爷的事，我很抱歉。我们会尽快查找到凶手。"

　　林蝶点点头，沉默着。

　　明力不知道该如何接下去，有一点尴尬地喝了一口水。林蝶首先开口："风世彦是警察，他一定跟你说过我们在那个'盒子'里的经历。"

　　明力："抱歉在这样的时间和你讨论这些问题。是的，世彦跟我们说了。很神奇，就像是进入游戏场景。"林蝶突然睁大眼睛："你说什么？"

明力："我听到你们的经历，一开始不敢相信是真实发生的，好像是虚拟的游戏。"

林蝶思索着："虚拟游戏？或者——是平行世界。"

明力看着林蝶："我很抱歉，不过我们希望了解一些你爷爷生前的情况。这对破案有帮助。"

林蝶："爷爷一直和爸爸、妈妈一起工作。后来他们去世，爷爷——"

林蝶陷入回忆。

参加完父母的葬礼，林蝶哭肿了眼睛，抱着她的全家福跟着爷爷回到家里。冰冷的家里到处都是父母的痕迹，现在则变成白色的。骆冰煜过来安慰孙女："姘儿，记得咱们看过的宋画吗，《山乐》？"

林蝶点点头。

骆冰煜眼中闪烁着泪水，但泪水没有流出来，他抚着孙女的头发："在《山乐》中，我们看到的是几层世界？"

林蝶还在哽咽，断断续续地说："三层。最上面的一层是仙山，被云雾缭绕着；中间一层是帝王的宫殿群，坐落在长满梧桐树的山中，有城墙保护；最下面一层是在田埂上舞蹈的几位山农。柳树和桃花尚未吐蕊开放。"

骆冰煜含着泪微笑："那么每一层世界，又是不是完整的呢？"

林蝶止住了哭泣，看着爷爷摇摇头："不知道，画上没有画出。"

骆冰煜："你想呢？"

林蝶："我想可能是完整的吧。每一层都有普通人、帝王，每一层有形状不同的山石，每一层有不一样的云层，应该是不一样的。"

骆冰煜："那这样的世界究竟是什么样的呢，它真实吗？"

林蝶："不知道，应该——不真实。"

骆冰煜哈哈大笑："在蚂蚁眼中，我们的世界真实吗？"

林蝶不知道该如何回答。

骆冰煜："在斑马的眼中，老虎是绿色的，而在我们人类的眼中，老虎是黄色带黑色横条的。虽然我们和这些动物身处在同样的世界，但是我们看到的、感受到的一定是不一样的世界。我们和他们共同生活在不同的一个世界，导致这种现象产生的原因，是视角不同。"

林蝶点点头："就像我们看到的世界和其他人不一样。"

骆冰煜："还有，我们生活的地球之外，还有没有别的人类？"

林蝶摇摇头："不知道，也许有。"

骆冰煜："我们自己，有没有自己不知道的另外一面？"

林蝶："就像我的眼睛？"

骆冰煜："对，就像你的眼睛。有没有其他人和你一样，拥有别人不一样的东西？"

林蝶摇摇头："爷爷你。"

骆冰煜："我们每个人都在自己的世界里生活，就像我和你。但是有一些人，天生就和别人不一样，就像我和你，我们可以看到别人看不到的东西。我们生活的世界之外，也有不一样的平行世界，就像我们这个世界一样运转着。"

林蝶："《山乐》画的原来是这样的三个世界？"

骆冰煜微笑着："对，只是需要想象力才能看到。你的爸爸、妈妈，他们也有你不知道的另外一面。我们生活的世界，你就当它是一个游戏，我们都在里面，有自己的角色，做着自己该做的事情。就像我是爷爷，你是孙女。你的妈妈是绘画的天才，可是你连完整的图形都画不出来。只是因为游戏的设置不一样，你和妈妈、爸爸、我——我们设置都不一样。既然是游戏，我们的悲伤和快乐都不要太过度，这样才能让游戏继续下去。也许还有另外一个世界，有自己的另外一面生活着，所以我们不能在这个世界里太为难自己。"

林蝶微笑着点点头。

骆冰煜："如果你想妈妈，记得吗？你妈妈给你取过一个名字。"

林蝶点点头："林蝶。"

骆冰煜："从今天起，你就叫林蝶吧。也许，新的游戏就开始了。"

在明力的办公室，林蝶回忆起爷爷曾经告诉自己的事情。也是从父母去世开始，自己被爷爷送到一所学校住校，每年春节，爷爷都叫林蝶到安乐村那里去写生，画她心目中的朝元图。

明力紧锁眉头，骆妍——林蝶的回忆更加表明骆冰煜似乎早就预见了自己的死亡，可是那个黑衣人究竟是谁呢？

林蝶："从父母去世到现在，我每年都去安乐村那个废墟上画画，画我心目中的朝元图，可是从来没有人看懂。今年遇到刑天和沈桐离，他们联合起来看懂了我的朝元图。"

明力："刑天？"他暗示其他同事赶紧调查刑天。

林蝶："所以他们是我需要找的伙伴，我和他们在一起才能进入那个盒子。"

明力："你爷爷告诉你要寻找伙伴吗？"

林蝶摇摇头："爷爷告诉我，我要相信我看到的。只要找到我的另外一面，就可以找到其他的守卫。"

明力："守卫？守卫什么？"

林蝶："爷爷没有说，只是告诉我，我自己会找到答案。"

林蝶快速地思索："明力警官，我想要再看看现场的照片。"

明力将照片交给林蝶。林蝶看到爷爷怪异的姿势，眼眶又红了，但仍然保持镇定："我想要到现场看看。"

此刻天色已经渐暗，明力看看坐在办公室外间的曾宣。

一行几人再次来到美术馆的时候，天色已经全黑。

当天的月光并不明亮，和案件发生那天一样清冷。美术馆三层灯光明亮如昼，林蝶慢慢走到《八十八神仙卷》的展柜前。

爷爷在这些神仙的脚下伸展双臂，像是起飞的姿势。爷爷的上方是朝元图中龟兹乐坊的位置。林蝶看着这幅被称为《八十八神仙卷》的朝元图，脑海中闪现在"盒子"里墙壁上的朝元图。除了神仙的位置不一样，其他都一样。神仙卷的神仙们一字排开，有序行走在一座桥上。而他们进入的那个盒子空间，神仙们则是分上中下三层排列的，整个构图是正方形。林蝶看着这些画的细节——从线条、笔法、造型来看，两幅画来自同一个母本，两幅画都是东壁的朝元图。而她自己画的则是西壁的。林蝶跟着神仙的路径来回踱步，用自己眼睛的调焦功能放大整幅画。在龟兹乐坊部分，那些在别人眼里的线条成为有体积的块，林蝶发现了不同：龟兹乐坊仙女们弹奏的乐器联合起来，是一个峡谷。

林蝶对明力说："沈桐离他们去千格地区了？"

明力点点头。

林蝶："我也要去，直接去克孜尔石窟。"

明力有一些犹豫，林蝶笃定地说："爷爷的谜题是出给我和沈桐离的。我们两个必须跟着谜题，才能找到答案。那些人杀死爷爷和爸爸妈妈，也是为了不让我们找到答案。"林蝶眼中露出坚毅的目光。明力点点头："我和你一起去。"

曾宣在一旁看着林蝶，突然想到了林慧。作为美术馆的同事，林慧和曾宣一直关系不错，林慧是艺术天才，就像沈桐离一样。在林慧和骆浚遭遇车祸前，林慧曾经告诉曾宣："如果有一天我出事了，希望你照顾骆妍。"

曾宣握住明力的手："她妈妈曾经叫我照顾她，我没有照顾好。这次我不能和你们一起去，希望你能保护她。"

他们并不知道，此刻在拜城大峡谷，辛宇琦带着一队人马，在夜色中有了重大发现。

沈桐离在看望墨铃，而林蝶徘徊在神仙卷的展柜前，刑天处于跟着沈桐离和风世彦的时刻，只有辛宇琦直奔克孜尔石窟。

克孜尔石窟方圆几十公里，包含不同地方的几百个洞窟。整个石窟群背依明屋达格山，南临木扎提河和雀尔达格山，沿着河流阶地和山崖分布。辛宇琦花重金雇佣了行业内最好的安保队伍，乘坐大约六小时的飞机直接抵达千格地区库车——这里曾经是古龟兹国的都城。仅仅在酒店做了短暂准备后，他们就开着四辆越野车前往克孜尔石窟群。冬季的库车地区干燥且明媚，虽然处在高纬度地区，但那里却并不寒冷。沿着不知名的河谷在山脚下飞驰，辛宇琦用上了所有学习的古画知识辨别那张照片上的每一个小亮点。教授将刑天在盒子里拍的地图交给辛宇琦，地图的标记基本也比较明晰，几乎每一处路口或者转弯处都能够在地图上找到闪亮的光点和路径。经过乱石丛和陡峭的崖壁，地图将辛宇琦和他的十几个手下引领到库车大峡谷边缘。这是一个瑰丽的红色砂岩峡谷，谷底是白色的细沙。根据地图分析，峡谷不远处的洞窟应该就是地图标注的地点。辛宇琦露出了笑容。

"教授，就要找到了，我们几乎就在那个洞窟门口。弟兄们都很累，今天晚上先休息，明天——"

"连夜干！"

辛宇琦有些不满，但教授要自己做的事情一定要遵守，辛宇琦告诉大家继续进入洞窟。

几乎所有雇佣来的打手都在抱怨，辛宇琦懂得如何收买人心。他指着旁边的土山告诉大家："这里的洞窟最早的可以追溯到3世纪，距离今天一千多年，而且前后五六百年间，这里不断有人建造石窟。"

安保小队长曾经是一位军人，说话简单直接："辛总，我们对历史不感兴趣。现在实在太晚了，明天干也差别不大吧，这大戈壁滩也没别人。"

辛宇琦："我要说的就是这个。咱们现在所处的地方是古代龟兹国都城所在地，几十个世纪中，这里都是周围财富汇聚的地方，这些洞窟里，保存了不知道多少宝贝。现在政府管理得很严，所以我们必须趁夜里完成咱们的工作。弟兄们，事成之后我给大家增加三成报酬。"

安保队长听到增加薪水，笑了："辛总是敞亮人。弟兄们，咱们多赚点钱回去过年！这活儿不难，走了！"夜色中，一行人进入大峡谷。

峡谷入口处并没有风，但是峡谷里面风却很大，且伴随着怪异的恐怖声响，有时候像很多人在窃窃私语，有时候又像是大厦倾倒，有时候像某种动物在移动。队伍中有人开始害怕："我听说这里出现了很多高僧大德，最有名的是鸠摩罗什，我们这样会不会惹怒他们？"

队长一脚踢到他腿上："惹怒他们我不知道咋样，惹怒辛老板就没钱我倒很清楚。"

辛宇琦走在队伍的前端。黑暗中的峡谷时而宽阔时而狭窄，每个人头上戴着头灯，形成一束束灯柱鱼贯前行。而那张闪光的地图神奇之处在于可以准确地提示出每一处的位置，尤其在黑暗中，更加准确。辛宇琦不禁暗暗赞叹这幅地图的准确性。到了其中一处较窄的位置，地图显示他们已经到了地点。辛宇琦觉得很奇怪，这里是峡谷中很窄的部分，只容得下一个人经过，且经过的时候会蹭到岩壁。辛宇琦放大手机上的地图照片，反复对照，确定这里标注的点是地图中最亮的光点。辛宇琦顺着岩壁开始摸索，这里的岩石应该是一种页岩，手触摸上去有冰凉且粗糙的质感。那个胆小的队员在辛宇琦后面几个人的位置，他为了躲避风靠近崖壁，却大叫一声。所有人都在看他，他指着崖壁下方："这下面有东西在吸我！"

队长一把推开他，辛宇琦也看向这边。队长用手朝着岩壁摸过去："下面应该是空的。"

辛宇琦赶紧过来，的确，岩壁的下面黝黑处有一股气流冒出来，手伸过去的时候可以感受到吸力。趁那个胆小的队员没有反应过来，辛宇琦一把抓住那人塞进黝黑的洞里。整个安保队立即惊呆了。队长揪住辛宇琦的衣领将他抵在岩壁上："你对我兄弟干什么！"

辛宇琦镇定地说："他不去探路你就去！"辛宇琦已经将一把匕首抵住了队长的肚子，队长不敢动，辛宇琦另一只手从腰间拔出枪："我支付的是最高价，又增加了三成，不想干的，现在就可以回去。留下来的，必须听我的。"辛宇琦的目光像狼一般凶狠，在黑暗中像两把刀，威胁着所有人。队长说："他是我兄弟。我们不干了！"他朝着其他人挥了挥手；"咱们不赚这个钱了。"辛宇琦朝着队长开了一枪，队长应声倒下。"你们以为我会让你们离开这里？今天晚上活人是走不出去了。你们跟着我干，可以赚到比平时多得多的钱。"队员们都不敢动。此时队长在黑暗中摸索到一块石头，强忍着伤口趁辛宇琦说话的当口扑向辛宇琦。辛宇琦没料到队长没有死，他被队长直接扑进了黝黑的崖壁下。由于那里面原本就有吸引力，两人非常迅速地消失在崖壁的黑暗中，崖壁黝黑的下半部瞬间吞没了辛宇琦。其他队员互相看看，都离崖壁更远一些，生怕被黑暗吸引进去。峡谷中充斥着风声、怪异的声音，分辨不出来是什么发出的，队员们惊恐地看着黝黑的崖壁，又互相看看，接着一个一个快速朝着峡谷外面跑去。

辛宇琦随着砂砾掉进了一个轨道当中，很快周围越来越宽，他在一个宽敞的空间中停下来。之前下来的两人已经在里面，目瞪口呆地看着眼前的一切。辛宇琦赶紧从地上爬起来，刚才的过程很奇怪，他分不清楚自己是在上升还是在下降，似乎一瞬间在下降，另一瞬间在上升。顺着两人的目光，辛宇琦看到了他最为着迷的东西——黄金，成堆的黄金，粗炼的一块一块的黄金块和成堆的金沙，足足有一个五十平方米的房间那么多！最先下来的人兴奋地大喊："我叫你们赶快下来！喊了那么多声'黄金'！其他人呢？"

队长和辛宇琦朝着自己下来的方向看，很奇怪，那个方向并没有通道，任何通道都没有。辛宇琦一脚踹向队长的伤口，同时用枪抵着另一个队员："他们可能都跑了。你们现在都听我的，这里的黄金我会分你们一份，如果你们想着造反，我现在就让这里成为你们的坟墓。"

队员不敢动，队长痛苦地在地上扭来扭去。辛宇琦缓和了语气："这里是文物保护区，这里的一切都属于政府，也受到政府保护。如果没有我的公司运作，这些黄金就算运出去，凭你们也花不出去。"辛宇琦扫视了两人，队长疼得冒出了汗："辛总，事儿我们明白的，我们都听你的。"

　　辛宇琦收起了枪。队员赶紧跑过来照顾队长，哭着说："我队长不会死吧。"辛宇琦丝毫没有看队长一眼，观察着周围："这里太奇怪了，如果不找到回去的路，我们都会死。"队长握着队员的手："我还可以撑一会儿。"

　　队员撕开自己的衣服，简单包扎了队长的伤口，伤口在胸上。辛宇琦朝着自己滚落下来的地方摸索，他像是对两人说，也像是自言自语："这里的气流是平稳的，而我们在外面的时候都可以明显感受到吸引力。如果有一个入口，那里的气流应该和这里不一样。"辛宇琦用手一点点触摸着这个空间的墙壁。

　　队员："掉下来的时候——"

　　辛宇琦："你感觉是在下降？"

　　队员点点头："难道你们不是？"

　　队长喘息着："我觉得是在向上。"

　　辛宇琦点点头："我也感觉是在向上。"

　　辛宇琦在自己进来的地方摸着，一无所获，周围都是砂砾。他们被困在了这里，在一大堆闪耀的黄金面前，他们找不到来时的路。

14

除夕的早晨，风世彦首先惊醒。

昨天晚上的黑影让他心有余悸，赶紧叫醒沈桐离，紧接着联系当地警方和明力，汇报了自己的怀疑。紧接着委托护士留下了他们三人的血液样本。在本地警方的帮助下，风世彦带着墨铃和沈桐离赶往飞机场，飞往库车。飞机上墨铃和沈桐离都很兴奋，风世彦不知不觉喜欢上了这爷儿俩。

飞行时间只有一小时左右，他们下了飞机，当地警察准备了一辆越野车。他们根据地图在晨风中赶往克孜尔石窟群。

除夕对于每一个中国人来说，都有特殊意味，那天象征着团圆、和睦、美食，还有欢声笑语。或许每一个家庭都有不一样的故事，可是那天晚上的时光，几千年来已经形成了一个信仰，牵动着几亿人共同经历一段相似的情感。这就是民族节日伟大的地方，让我们每一个个体都可以真真切切感受到自己是一个伟大文化的一部分，也是一个巨大的民族的一部分。节日，是我们作为一个独立个体，找到群体温暖的方式。除夕以及之后的元日——春节——对于中国人来说，就是这种温暖的表达的具体体现。虽然风世彦和沈桐离、墨铃并不是一家人，但也许是被当天周遭过年的气氛所影响，风世彦觉得自己有种和家人在一起的温暖。

库车是一个小城，街道上到处是红彤彤的灯笼或者中国结，悬挂在混杂着维吾尔语和汉语的商店招牌上，热闹得与众不同。林蝶和明力比风世彦他们早到这个城市半小时，两组共八人会合，开着两辆越野车前往克孜尔千佛洞。当然，风世彦和明力两人简单交流了彼此的进展，他们都很警惕，此行一定会遇到更多危险。除了沈桐离、林蝶和墨铃，明力又请当地警方选了三位精明强干的警察协助办案。

在前往克孜尔石窟的路上，阳光晴好，坐在车里面沐浴阳光，会让人误以为春天到来了。可是当你打开车窗，清冷的空气会让你突然明白：热烈的阳光只是这个冬天的道具，主角仍然是寒冷。风世彦很关心墨铃老人："墨爷爷，您身体还吃得消吗？"

墨铃声音中都透着快乐："真要打起架来，你不一定是我的对手。小伙子，医院里那些管子治不了我的病。我生病，是因为你们都不在，我想回到克孜尔石窟来。你们回来了，还带我到石窟，我的病早就好了。"沈桐离和爷爷一起坐在后排，笑着给爷爷递上保温杯。

风世彦却依旧有些担心。下飞机后接收到的医院的信息显示他们三人的血液中都存在一定程度的七氟烷——一种能够麻痹人的神经系统的迷药，无色无味。目前千格地区警方正在他们住院的楼层寻找七氟烷的小气罐，同时从供应处调查气体来源。

明力在车上也并不轻松，从刑警队传来的消息显示：辛宇琦已经于一天前抵达库车。明力安排人员跟踪曾宣。

在前一辆车上，墨铃主动和大家聊起天："桐离、世彦，我们那时候到克孜尔石窟，看到那些壁画，觉得真是漂亮啊，像是到了另一个世界。那些佛教的故事，那些飞天，都像是真的一样，衣带飘飘。可是，你们知道吗，那时候守着这些壁画的一位老人告诉我们，在以前，画画的人就和装修工人一样，这些洞窟里画壁画的人过得很辛苦，有些人一辈子就待在山里面画壁画。"

风世彦："明队告诉过我们，在欧洲，米开朗琪罗、达·芬奇他们也是一样，似乎也是当时的装修工。"

墨铃哈哈大笑："你们这个明队还是很懂艺术的。其实，每个人心里都有艺术的种子，哪有什么艺术家，哪里有什么艺术品，我们看到的壁画，看到的卷轴画，都是我们心中的影子罢了。达·芬奇、米开朗琪罗、吴道子这些人，就是技术高明一些，把我们心中的形象画出来了而已。"

沈桐离："爷爷，骆教授也这么说。"

墨铃主动聊起骆冰煜："我和老骆那家伙小时候在安乐村,经常讨论朝元图为什么会流传那么多年。后来明白了,因为它其实一直都在我们的基因里。有时候样子会有变化,有时候会在绢、纸、石块、金属上呈现出来,会在不同位置的墙壁上呈现出来,但是他们从来没有离开过。老骆的那个孙女,就是坐在那辆车上的那个,她的画从来没有人能看懂,但那也是她心中看到的朝元图。"

　　风世彦:"墨爷爷,克孜尔石窟是佛教石窟,而安乐阁——则是道教的,它们之间有什么联系吗?"

　　墨铃笑着摇摇头:"释道门。"

　　风世彦没有听懂,沈桐离在手机上打出"释道门"三个字。风世彦笑着算是明白了。

　　墨铃微笑着:"释,一般指佛教;道,一般指道教。释道门,可以有很多种理解,对于我们这些一辈子和画打交道的人来说,是一种表现佛教道教内容的艺术形式,比如绢本画、壁画……"

　　沈桐离咧开嘴微笑露出雪白的牙齿:"骆教授说,释道门其实就是宣传佛教或者道教的手段。"

　　墨铃像是一个小孩子一般大声地说:"其实现实中,更多的时候,对于当时的画家或者说画匠来说,是既需要宣传佛教,又需要宣传道教的。"

　　风世彦和车上的刘警官似乎表现出满满的兴趣。风世彦问："听说《八十八神仙卷》就是道教的一幅画，在唐朝的时候是不是道教比佛教更流行？"

墨钤："哈哈，我喜欢你说的这个词——流行。也确实，唐朝时候似乎信道教的人多一点。但宋朝时候信仰佛教的就会多一些。信仰哪一个更好？没有正确答案，信仰就是信仰。"

另一辆车上，明力和林蝶也正在谈论这个问题。

林蝶看着不远处连绵的山脉："我并不知道这里和山西安乐村，还有和《八十八神仙卷》有什么关系。这里的洞窟和壁画都是佛教的，而山西那边大多数是道教，也有道教和佛教结合的。不过我们在那个盒子空间里显示出来的地图确实是这里。'西州荒鹤凤欲离'指的也是这里。爷爷曾经给我讲过一个故事，不是你这个问题的答案，不过很有意思：唐朝时候，李唐王朝将元始天尊列为最高神，并将老子尊为始祖，这样，李唐王朝就显得很有渊源。所以在唐朝初年，全国都比较崇尚道教。可是同样是那个时候，我们现在身处的龟兹国，佛教已经从印度传进来了，这里的很多国家的国王和贵族都信仰佛教。爷爷估计这也是一种政治的需要吧。"

明力也有些感慨："信仰可以给人们一种力量，其实信仰这个还是信仰那个，从另一个角度来说，并没有本质的区别，只要对人好。"

林蝶对明力有了好感。在一些人心目中，信仰某种宗教具有不可侵犯的特性，但林蝶从小就被教育：每一种信仰，只要是对人和世界好的，都值得尊重。

　　几乎没有人在这样的时间游玩克孜尔千佛洞，整个景区除了他们就没有其他人。墨铃没有让风世彦从景区的大门进去，而是让他将车开到了旁边的小路上。靠近红色的大峡谷时，墨铃示意车子停下来。明力的车也停下来。

　　墨铃："和你们曾经去过的山西一样，这里也曾经是信仰最集中的地方。全中国有很多地方都像这样，在不同的时代，人们把自己的信仰放在这样的地方，时不时回来看。不管是什么样的信仰，佛教的、道教的，人们都会小心呵护。每个时代也都会出现保护这些地方的人，往往被叫作守卫。"

　　沈桐离："守卫？骆教授是守卫吗？"

　　墨铃："《山乐》里面画的就是朝元图的守卫。"

　　林蝶："守卫难道是画？"

　　墨铃："守卫是人，每个时代都有。我们这个时代和你们这个时代中间，有一代守卫。你爷爷把他们画进了《山乐》里。"墨铃说到这里哈哈大笑："骆冰煜的爸爸把我们这一代守卫也画到《山乐》里面，所以他画的是四个人。到了我们下一代，变成六个人。而你们这一代，明天就知道是几个人。我也不知道从什么时候起，《山乐》就成为守卫的线索。"

明力回想起《山乐》上的小人，似乎若有所思。

墨钤："桐离、林蝶，你们记得神仙长什么样子吗，就是《八十八神仙卷》上面的神仙？"

林蝶和沈桐离都点点头。

墨钤："可是你们两个眼里的神仙却不一样，对吗？所谓的神仙，虽然经过画家的描绘，但实际上也是人们心目中想象出来的神仙样子。我们的想象绝不会完全没有依托，那么依托就是当时的实实在在的人。"

风世彦："守卫们守护的是什么？"

墨钤沉默了一会儿说："守卫现在需要做的，是阻止两幅图同时出现在世界上。"

沈桐离露出意外的表情："什么？我以为守卫守护的是两幅朝元图的完整。为什么要阻止两幅朝元图同时出现在世界上呢？"

墨钤："守卫要做的事情很多，只是阻止西壁朝元图出现是现在的事情。"

林蝶："为什么？"

墨钤没有回答，在大峡谷一个比较窄的地方，他靠着红色的页岩喘气，从下车处走到这里，老人已经气喘吁吁。此刻太阳正在头顶，大峡谷里面的岩壁呈现出美丽的红色，其中一部分投影出带弧度的阴影。明力则有些不安，一路上都有人在跟踪他们，且库车警方已经抓获十几人，告诉了明力一个并不友好的事情：辛宇琦昨晚来到了这里。这么说辛宇琦的确嫌疑最大。

众人都原地休息。

墨铃突然大叫："快点，大家快点到那个台子上去。"

墨铃着急地，像是遇到了什么恐怖的事情，挥舞着手，要把大家赶到不远处一个七八米高的小台子上。众人都不太明白，墨铃则着急地大喊。

沈桐离拦住舅爷："爷爷，怎么了，别着急！"

墨铃一巴掌打到沈桐离脸上："不着急就没命了。快！明力警官，赶紧叫大家都到那个台子上去。"

明力非常疑惑，根本不知道墨铃的恐惧来自哪里，毫无征兆，刚才的其乐融融立即就笼罩上了恐怖的氛围。墨铃一边拽着林蝶朝小台子上跑，一边喊大家。

风世彦拽着墨铃的手，对明力喊："咱们都听墨爷爷的，先到那个台子上。"沈桐离和明力还在迟疑，远处的轰鸣声就传过来。明力大喊："快跑！"

峡谷深处，一股浑浊且巨大的洪水像是野马一般咆哮而来，裹挟着泥沙和碎石。天空不知道什么时候下起了飞雪，晴天丽日瞬间变得风雪交加。众人拼命朝着小台子奔跑，洪水像是猛兽一般，张牙舞爪地追赶着他们。明力在最后，刚刚爬上那个小台子，洪水便冲过台子的下面。一刻钟前他们站着讨论信仰的那片沙地，现在已经全部被淹没。如果他们还在远处，早就被洪水裹挟着摔向岩石而且脑浆崩裂了。

明力被风世彦扶起来，大家挤在只有五六平方米的小台子上，大口喘气，惊恐于眼前一瞬间形成的洪水。墨铃看着众人，却没有了当初的惊恐："全——都——上——来了，有惊——无险，太——好——了。"可是老人的身体吃不消，靠着崖壁不住颤抖。沈桐离抱着舅爷，风世彦把自己的羽绒服脱下来给墨铃裹上。

这时候，崖壁的上方，刑天戴着面罩，熟练地固定好登山绳，随着攀登绳缓缓下降。靠近沈桐离他们栖息的小平台上方时，刑天将攀登绳固定住一个姿势，朝着沈桐离开出一枪。几乎同时，风世彦捡起一块小石块朝着刑天扔过去，刑天的手偏了，沈桐离本能地躲避，造成原本就很拥挤的小平台突然失衡。墨铃在平台的最里面，朝上看着刑天，脸上露出不可思议的表情。林蝶护着墨铃，向上看着带面罩的刑天，调整眼睛的焦距，认出了刑天，脱口而出："刑天！你怎么在这里？"风世彦和明力护住林蝶和墨铃，做好迎战的姿势。刑天将一位干警踹下平台，另一位干警将之拉住。风世彦在干警的帮助下和从上至下倒悬在空中的刑天打斗起来。混乱中林蝶被挤下平台，半个身体泡在洪水里。沈桐离在林蝶快要被冲走的时刻抓住了林蝶的手，林蝶痛苦地在洪水里挣扎，命悬一线。

刑天看到林蝶危险，赶紧放下另一个攀登绳，一边巧妙地躲开风世彦和明力的攻击。林蝶抓住绳索，一个洪峰冲击过来，夹杂着石块在浑浊的洪水中翻滚，将林蝶撞击到洪水中，林蝶像一片枯叶随着洪水飘，刑天的绳索成为她唯一的救生绳。明力和风世彦见状赶紧双手抓住林蝶的绳索，刑天在上方抓住绳索，大家希望把林蝶提起来。洪水凶猛，几个人的救生绳被来回在悬崖的砾石上碰撞，每个人都挂了彩，但大家都没有放弃林蝶的绳索。林蝶在洪水中被冲得翻飞，离平台有一些距离，刑天大喊："靠近崖壁，可以不被冲走。"林蝶也尽全力和洪水搏斗，朝着崖壁用力。在林蝶靠近崖壁的一瞬间，林蝶被一股洪水淹没，刑天感到绳索突然受力又松开。刑天提起登山绳，林蝶已经不知去向。沈桐离大喊："林蝶！"向着上面的刑天说："我要杀了你！"

刑天见状顺着绳索下来，明力和风世彦及几名干警都准备抓住刑天。没想到刑天直接冲进林蝶刚刚消失的洪水中。众人霎时惊呆了。雪花在空气中飘舞，沈桐离和风世彦一时间愣在那里。墨铃的咳嗽打破了僵冷的气氛："洪水似乎比刚才小了。"

洪水真的比刚才小了好多，水位也降低了。

在洞窟里，辛宇琦他们靠着黄金堆无计可施，尤其是队长，由于枪伤此刻已经奄奄一息。辛宇琦很希望这时候教授能在身边——很多事情教授都有先知般的信息。从进来到现在,他们不知道时间如何度过的,搜寻了每一个地方,就是没有找到他们进来的入口,更没有感受到流动的空气。此刻他们三人都有些疲惫,却听到从什么地方传来巨大的轰鸣。辛宇琦和队员都站起身,到处寻找着声音的来源。声音很恐怖,像是巨兽或者千军万马。队员此刻传来撕心裂肺地哭喊:"队长!"不知道什么时候,队长已经死了。辛宇琦没有理会他们,到处寻找着线索。突然,这个空间的地面一角的砂石开始滚动,辛宇琦看着滚动的砂石,走到砂石边缘,砂石就像是泉水一般向外涌。在砂石里面,辛宇琦看到了通道。辛宇琦正在开心,林蝶伴随着细沙石摔进这个空间,晕倒了。

　　林蝶浑身湿透了,有不少外伤。辛宇琦辨认好久,认出这是骆妍,正准备抱骆妍,传来一声:"别动她。"顺着通道,刑天进入这个空间,保持着攻击的姿势。

　　辛宇琦展示了社交的本领,笑着说:"不动不动。"赶紧冲向那个通道,可是砂石在慢慢退去,通道神奇地消失了。辛宇琦失望地倒在地上。刑天赶紧将林蝶抱到靠墙的地方,脱下自己的衣服给林蝶保暖,林蝶靠在刑天怀里瑟瑟发抖,渐渐睁开眼睛:"刑天?我看到是你。"

　　刑天:"你没事的,放心,有我在。"

　　林蝶看着空间里的其他人:"他们是——"接着,刑天和林蝶都看到了一屋子的黄金。林蝶挣扎着爬起来，用手抓了一把金粉："这是真金？"

刑天也抓了一把点点头。

林蝶看到了不远处的尸体，躲进刑天怀里。辛宇琦适时地说："这些黄金都是我的。你们如果不想像他一样，就不要打这些黄金的主意。"

刑天觉得这个声音很耳熟。自己除了和教授联系，还会和教授指定的一位辛总联系，自己的装备和费用几乎都是辛总在支付，而这个人的声音很像辛总。

辛宇琦恶狠狠地看着两人。刑天警惕地保护着林蝶。辛宇琦对着林蝶说："骆妍，你不认识我了？"

林蝶仔细辨认着："你是——曾宣姐的——前夫——辛总。"

刑天听到这句话也确定了眼前这人就是教授的另一个服务者辛总，从某种意义上说他是自己的搭档，刑天暗想：教授给自己的任务中有杀死林蝶和沈桐离这一项，辛总一定知道，所以他会对林蝶不利。

林蝶："你怎么到这里的？"

辛宇琦得意地拿出那幅他们在安乐村地下拍到的闪亮的地图给林蝶看："我跟着这个找来的。"

林蝶："你怎么会有这照片？"

辛宇琦抽出短刀："你下去问你去世的爷爷吧。"

刑天抱走了林蝶，一脚将辛宇琦踢倒。辛宇琦和刑天打斗起来，林蝶躲在刑天身后。一旁的队员则看着这场打斗，亲眼见过辛宇琦的狠毒之后，这位原本想赚点钱的打手并不想跟着辛宇琦干了。刑天和辛宇琦打斗的时候，林蝶在这个空间中四下观察，不断调整焦距，在一面墙上找到一条缝隙。

　　刑天控制住辛宇琦："咱们不要打了！你答应我不要杀她，教授那边我跟他说。"

　　辛宇琦恍然大悟："教授？你是——"

　　刑天示意辛宇琦不要继续说下去。林蝶大声喊："刑天！"并用眼神示意刑天看向那面墙壁。

　　刑天赶紧顺着林蝶示意的方向看去，并没有看到裂缝，当然他相信林蝶的视力可以看见一般人看不见的细节。林蝶对着辛宇琦说："你们守着一屋子的金子却出不去，难道不害怕会死在这里吗？"

　　辛宇琦："你知道怎么出去？"

　　林蝶："你听我们的，我可以找到出去的办法。"

　　辛宇琦："我凭什么听你的？"

　　林蝶看向周围："你们不觉得这个空间很奇怪吗？我和刑天是被洪水冲进来的，但这里却根本没有水。这里的四周没有任何壁画，是由山崖组成的，所以我们此刻应该在山里面。"

辛宇琦哈哈大笑："我还以为是什么消息，我早就知道了。"

林蝶在吸引辛宇琦的注意，刑天适时挪向那面墙。

崖壁上，沈桐离等人看到脚下的洪水真的退去了。峡谷的砂砾显露出来，可是却没有林蝶和刑天的影子。明力和风世彦到处寻找，一名当地的干警用手机向上级汇报，寻求支援，他们都以为两人被洪水冲走了。

天空放晴，墨铃下到谷底，脚踩在湿漉漉的砂砾上："峡谷的空间是多变的，气流也不稳定，当遇到特殊事件的时候，容易引发洪水或者其他自然灾害。现在都过去了。咱们走吧。"

风世彦拉住墨铃："墨爷爷，太危险了，咱们先回去吧。"

墨铃笑着："回去？当然不行，我还没有带你们去看我们的杰作呢。"

明力也劝："墨爷爷，林蝶生死未卜，您又生病，我们——"

墨铃很笃定地指指那几名一同到来的警官："你让他们去找骆妍那丫头，我要带你们去看我们的杰作。不然骆冰煜那家伙就白白牺牲了。"

沈桐离对明力说："咱们跟着爷爷吧。"

明力安排几名干警留下来和赶过来的干警会合，继续寻找黑衣人和林蝶。自己和沈桐离、风世彦继续跟着墨铃朝峡谷深处走。

走到一半，沈桐离不禁发出疑问："爷爷，地图显示的是刚才那里，咱们现在似乎走错了。"

墨铃笑着："我一辈子都不会走错的。那个地图是骆冰煜那家伙的障眼法，他知道教授不好对付。"

走了大半天，四个人在峡谷深处拐进一个豁口。豁口外面不是峡谷，而是山崖的另一边。他们面对着一片荒芜的已经沙化的戈壁。墨铃来了兴致："所以说环境还是在变化。这里以前都是沙子，你看，现在居然长小草了。"

风世彦低头看看地面，确实有矮矮的干枯的小草，紧贴着地面的石块生长，石块旁边就是砂砾，这些小草此刻呈现黄褐色，不仔细看，根本看不出来。墨铃笑着说："别看它们现在很丑，春天来了，它们会变成绿色，还会开一串一串的比米粒还小的花。没有它们，这里就真的是荒漠了。"

墨铃带着几人深一脚、浅一脚地沿着山崖朝前走。

沈桐离："爷爷，你以前来过这里？"

墨铃笑着："1969 年，就是你爸爸出生那年，我和骆冰煜、季薄钊还有乾祁昆都到这里支边。那时候山西搬运安乐阁的事情结束了几年，我们的父辈大多数因为成分不好，有的被打成右派，有的直接被认定是反革命。我们就住在刚才咱们路过的那个村子里。一有空，我们就进山里的洞窟里玩儿。"

　　他们走到了另一处偏远僻静的小沟后停下来。这里似乎已经被人们遗忘，到处都没有半点人为的影子。沙子在各种洞窟门口形成一个个的小坡，这都是风吹来的，已经埋住了一半的洞门。墨铃走到这里已经气喘吁吁，沈桐离想上去扶墨铃。墨铃摇摇头，继续朝着小沟里面走。在沙子中走路耗费了很多体力，墨铃原本就虚弱，等终于来到一处洞窟门前时，墨铃有一半的腿都已经陷在沙子里，他只能斜靠在洞窟的门框上喘气。明力和风世彦拿出自己的水壶分别递给两人。

　　几个人都开始挖洞窟附近的沙子，希望将洞窟清理出来。沈桐离遇到一个大的石块，无论如何用劲也挖不动。风世彦赶过来帮忙，开玩笑似的说："不会像电影里一样，这个大石块一抬起来，下面就会出现一个密室，然后连接着很多机关吧。"

　　墨铃和沈桐离大笑："对对，应该就是那样。咱们应该像超级英雄一样拥有某种特异功能才对。"

　　石块被挖走了。风世彦像是电影中的动作演员一样，一个漂亮的翻腾，躲到一边，沈桐离和墨铃愣愣地看着风世彦的表演，差不多两秒钟后，两人都大笑起来。风世彦也尴尬地笑了笑。

　　沈桐离："你是不是电影看多了。咱们是在供养菩萨的洞窟里，不是在盗墓，没有那么多机关。"

风世彦："可是如果没有那么多机关，咱们找的东西有那么重要吗？一般重要的东西才会安排重重机关保护，不重要的东西才会随便地丢弃。"

沈桐离："骆教授说这是我们对于重要两个字的误解。重要的，是保留在我们头脑中的东西，别人也拿不走。"

墨铃满意地点点头。

沈桐离："爷爷，咱们找的究竟是什么？总不会是西壁朝元图吧？"

墨铃点点头，明力则露出了诧异的眼神：那幅传说中的古画就在这个洞窟中，骆冰煜教授为了保护这幅古画而失去生命，更重要的是，可能还有更多的人因此而失去了生命，古画怎么可能就一直在这样一个被遗弃的洞窟中？如果那幅画一直在这里，那么大家来这里拿就可以了，为什么要这么大费周章？

四人十分困难地进入洞窟，此刻暮色已经开启，洞窟中黑黢黢的。众人打开头灯，洞窟的地面上也都是沙子，将三面壁画掩埋了一半。可以看出这是一个工艺考究的洞窟，露出的壁画线条和造型都十分流畅丰富，画的神仙都栩栩如生，似乎是一个大师的作品，只是很多颜色都掉落了。墨铃坐在沙子上："我们今晚在这里睡觉，明天一早，我给你们看好东西。"

明力："墨爷爷，我们还是不要住在这里了，这里太危险。"

墨铃很坚持："这里不危险。几十年前我们就来过，放心吧。不住在这里，没有办法见到明天的神奇。那是作品。"

大家听从墨铃的安排，风世彦和明力忙着搭帐篷，沈桐离则用随身带的炊具开始准备做饭。

明力去和警队通电话，了解案情进展。

风世彦和沈桐离一起做饭。

沈桐离："今天是除夕。"

风世彦点点头："真是一个特别的除夕。不过也挺好的，不用看春节晚会了。"

沈桐离："你父母那边——"

风世彦笑笑："当警察这两年，除夕都没在家过。我爸妈都习惯了。以前在警队值班，总是担心出警，今年在这里挺好的。"

沈桐离："为什么担心出警？"

明力不知道从什么时候凑过来："如果我们需要出警，那一定是发生了什么命案。除夕呀，那是一家人团聚的日子，比起出现场，我们更希望老百姓平平安安、和和顺顺的。"

夕阳非常短暂，夜幕很快降临。洞窟里干燥且舒适，墨铃靠着一堆沙，给他们缓缓讲述几十年前的事情。墨铃微微一笑："桐离，你从生下来就有自己的使命。不过，从这个角度来说，我们每个人又何尝不是这样。你生命中必然会经历今天这样的时刻，只是我不知道是什么时候，骆冰煜那个老家伙告诉我们时间到了。"

沈桐离："什么时间？"

墨铃："你和骆妍成为守卫的时间。"

在那个装满金子的空间里，刑天摸向那面有缝隙的墙壁。辛宇琦发觉刑天的动静，也赶到那面墙壁摸索。"这里真的有空气，我们在这里面待了那么久都没有发现。"

辛宇琦举起枪对着林蝶："你一定知道什么我们不知道的，你爷爷告诉过你什么？"

林蝶："你就是爷爷说过的教授？"

辛宇琦摇摇头："我不是，不过你爷爷曾经说过教授？"

林蝶："爷爷说教授应该和我父母的死有关。"

辛宇琦哈哈大笑。

林蝶有些愤怒："你们就是爷爷说的守卫需要对付的人。"

辛宇琦："据我所知，守卫需要对付的人有很多。世界上想要知道你们秘密的人你们都需要对付。可是，有谁不想知道你们的秘密呢？所以从某种角度来说，教授才是对的。教授是守卫的对立面。"

林蝶："可是你们仍然什么都不知道。"

辛宇琦："我们有你，就什么都知道了。"

刑天："咱们现在的当务之急是想办法出去。"

辛宇琦点点头："骆妍，你一定知道我们怎么出去。"

林蝶看着那面墙没有说话。刑天说："我们在山西的时候，是大家一起努力转动那个空间。可是现在这个空间很不同，并不是标准的立方体。"

辛宇琦用枪指着林蝶："你如果告诉我们该怎么出去，我告诉你关于他的秘密。"辛宇琦看着刑天。

林蝶看向刑天眼中闪烁着光芒："他是曾宣姐的前夫，他们都不知道我眼睛的秘密，爷爷一直帮我隐瞒。可是你知道，我相信你。我这么做不是为了验证你，只是咱们都要出去。"

辛宇琦听到林蝶说这番话，哈哈大笑。刑天用凶狠的眼神看向辛宇琦："没有她，咱们谁都出不去。"

林蝶接着说："这几面都是坚硬的页岩和混杂花岗岩，只有那一面石灰石混杂着砂砾，虽然看上去都一样，但是我放大看，它们很不一样。所以，你们只要用力，那面墙应该就可以被踢开。"

辛宇琦听罢，叫上队员——他正在偷偷地往自己口袋里装金沙——两人一起用力踢，那面墙纹丝未动，又踢了几次，那面墙仍然一动不动。刑天也过来帮忙，但仍然没有什么用。

林蝶看着墙面的变化，放大焦距，墙面的页岩层像是骨架，砂砾填充在其中。之前她判断用力破坏这面墙壁，砂砾就会掉出来，页岩中间有了细微的空隙，这样持续用力页岩就会开裂。但随着震动继续放大焦距，林蝶才发现砂砾和页岩之间的孔隙像是皮肤一般又包含着很多小孔洞，这些孔洞形成网状结构，非常牢固。林蝶看看地面堆积的金沙，又看看这些孔洞，有了办法。

"刑天，你去拿金沙撒在你们踢的这一面。"

刑天照做，金沙撒在墙上，同时用力踢撒了金沙的位置，居然踢出了一个裂缝。辛宇琦看到十分高兴，和队员一起照做。林蝶看到金沙嵌入那些孔隙，在用力时变形，挤压砂砾和页岩，有一些断裂了。三个人纷纷拿起金沙撒在墙面上。队员和辛宇琦都有些不舍，心疼这些金子就这样用脚踹。可是效果显著，那面墙豁口越来越大。有效了，几个人都很开心。外面的夕阳射进这里，林蝶关掉了头灯，那一堆金子发出闪亮的光芒，林蝶却看着周围渐渐明亮的空间皱着眉头。豁口越来越大，已经可以容纳一个人，辛宇琦叫那个队员向外探出头。队员刚刚向外，就吓得赶紧退回来："外面——外面是悬崖！咱们在山上。"

辛宇琦和刑天也从豁口探向外面。他们距离地面有几十米，处于靠近山顶的位置，他们穿越了峡谷旁边的山，来到了山的另一侧。可是这一侧的山也很陡峭，和地面几乎九十度，且不像是峡谷里面那一面一样平滑，怪石嶙峋，十分危险。

那个队员首先崩溃："出不去了！咱们出不去了！今天是除夕！我妈都是要做龙眼肉的。

辛宇琦一巴掌打在队员脸上："别瞎想了。出去，你这些黄金能买多少肉。"辛宇琦看到刑天身上的登山绳。刑天明白了辛宇琦的意思,告诉辛宇琦:"我的绳子不够长。"辛宇琦看到了手机的信号为满格，那个空隙恢复了手机信号。

辛宇琦拿出电话："这就是教授让我积累财富的原因。"他叫部下立即花重金租用一架直升飞机来救援。此时林蝶悄悄给明力发了定位。

"这些黄金将是我最好的春节礼物。"辛宇琦狂笑着。队员悄悄地摸到黄金堆跟前，刚才踢踹，他身上的黄金掉落了不少。此刻，趁着余下三位正在讨论如何出去，这个跟着队长混口饭吃的人，一心想着多带一些金子回去。口袋装满了，他几乎走不动路。

辛宇琦看到这个贪婪的小人物，叫了他一声，队员抬头朝着辛宇琦："老板——"话音未落，辛宇琦的枪已经射出子弹，队员应声倒下。辛宇琦一边从队员的口袋里朝外掏金子，一边说："我这是为了你好，你队长一个人在这太孤单了,况且你知道这么多秘密，出去怎么活得了？"

刑天想要阻止，可惜慢了一步："为何要做不必要的杀戮？"

辛宇琦看着刑天，又转向他背后的林蝶。

辛宇琦："你知道他是谁吗？我告诉你，他杀死了你爷爷，就在大前天。"

林蝶看向刑天："真的吗？"

刑天："现在不是讨论这些的时候。"转身准备控制辛宇琦，没想到辛宇琦已经有所防备，将枪口对准了林蝶，刑天不敢动。

刑天对着辛宇琦："教授没有叫你做无畏的杀戮。"

此时直升飞机的声音出现在悬崖外壁。辛宇琦用枪指着林蝶："看来除了教授，还有一个能要挟你的人。现在，你上直升飞机。"

刑天："让林蝶先上去。"

辛宇琦朝林蝶腿部开了一枪："如果你不上去，下一枪会是你的脑袋。"辛宇琦的枪指着林蝶的头。林蝶："我爷爷和曾宣姐都看错了人。"

辛宇琦："每个人都有另外一面，你爷爷也是一样。刑天，我数三声。"

刑天并不了解辛宇琦，在他长大的过程中，他从未见过教授，也从未见过辛宇琦，但他从声音能够分辨出这个人就是辛宇琦。迫于林蝶的安危，刑天假装爬直升飞机，突然一把拉起林蝶，同时抛下自己身上的绳索，套向山崖上的一处突起的巨石。

辛宇琦朝着林蝶开了一枪，击中了林蝶的背部。

刑天抱住受伤的林蝶："你疯了！"

辛宇琦："我只是不想让你再犯错。"

直升机巨大的螺旋桨掀起的风让刑天和林蝶借着绳索的力量在半山崖摇荡，林蝶在刑天的怀里昏迷，刑天抱着林蝶和崖壁不停撞击，浑身是血。辛宇琦顺着绳索爬上直升飞机，朝那个山洞扔下一小包炸药，洞口被封。掉落的石块令刑天不得不从绳索上跳落到地面。地面是砂砾，刑天抱着林蝶昏了过去。

直升飞机上，辛宇琦给教授打电话："这些金子我会陆续运出来。"教授大骂辛宇琦："这个洞是骆冰煜的计策。金子不重要，西壁朝元图才是你和刑天要找的。"

辛宇琦这时候露出笑容："如果西壁朝元图能带我找到这么多金子，我一定找。"

教授："你有一天会因为你的贪财吃亏。"

辛宇琦："私藏枪支、杀人、私挖古迹，我的罪名不少了，不在乎多一个。"

直升飞机飞离这片山区。

在另一个洞窟中的明力收到了林蝶的定位，惊喜异常。

15

沈桐离正在煮的面条发出阵阵香味儿。

墨铃："在我像桐离这么大的时候，吃一碗带肉的面条就是过年了。"

风世彦："墨爷爷，我还是不明白，究竟什么是守卫？谁可以当守卫？"

墨铃："守卫都是普通的人，每一个时代会有五位或者六位。他们有一些是艺术家，有一些是作家，还有一些则是音乐家。每一个时代的守卫并不相同。谁可以当守卫，其实我也不知道。这是一个互相选择的过程，他们守护的东西选择他们，他们选择要不要当守卫。当然，我们这个世界奇妙的地方就是这样，我们遵循内心的声音，就必然会走到我们应该走的那条路上。"

大家点点头，表示赞同。这个案件和其他的案件有太多的不同，明力原本是抱着像监视其他嫌疑人一样的想法与这些人一起来到千格地区的。但是沈桐离和墨铃老人显然并不是普通的嫌疑人。两个人的博学究竟是一种伪装还是真正的无辜？明力知道在面对高智商犯罪分子时，需要关注每一个细节。

在明力来千格地区之前，他调查了骆浚和林慧车祸案件，从看上去简单的案情中发现了疑点，两人的死亡显然并不能仅仅解释成意外。骆妍的母亲是车祸去世，资料显示在大雨的夜里，林慧错把油门当成刹车，错误的操作使自己的车撞到了树上。可是，综合林慧之前的交通行驶记录，林慧已经有超过十二年的驾龄，而且，十二年中没有一次超速记录。林慧车辆保险显示，已有的出险记录也都是对方全责。明力十几年的刑警经验告诉自己，这样一个小心翼翼的司机怎么可能在大雨中错将油门踩成刹车？这其中肯定有问题。更有问题的是当时处理这个案件的交警，在一年后不知所终。关于骆妍父亲的死亡，则更加离奇。两个已经离婚的成年人出于某种原因在大雨夜里坐同一辆车似乎说得通，但是资料显示林慧当场死亡之后，骆浚被送到人民医院急诊室抢救。骆浚是在抢救过程中，药物过敏造成死亡的。明力继续调查了当天值班的大夫和护士的记录，抢救过程中的记录虽然没有显示任何异常，但是技术科发现还原的医院电脑记录显示：原来令骆浚过敏的药物并不在抢救用药当中，是临时加进去的，抢救的主治医师姓李。调查李姓医师的资料，无独有偶，这位李姓医师还处理了乾祁昆的事故。并且和交警一样，李姓医师已经出国游学不知所终。这么多的异常一定不是巧合，其中可能隐藏着什么秘密。关于李姓医师在国内时的一些资料也被调了出来。其中，其个人银行账户显示有几笔异常收入，总数大约一百万元。入款时间刚好和骆浚去世的时间相接近。

沈桐离默念着"西州荒鹤凤欲离"，看着这个洞窟。洞窟中画着一些平常的壁画，很多已经掉落，只能看出一部分当年美丽的样子。仔细观察，这个洞窟中看似普通的壁画又和其他的并不一样。壁画中的主神是西王母，两旁的墙面画了很多的凤凰和梧桐树，还有一些鲜花和水果。很显然，洞窟呈现的是女性的主题，有可能这个洞窟的供主是一个富人家里的女眷，也有可能是为了纪念家里的女眷而设立的洞窟。可是，这个洞窟又没有任何供养人的信息，像是一个公共空间一般。

风世彦问："墨爷爷，您早就知道这个洞窟，为什么不早一点带沈桐离来？"

墨铃："也不能说我早就知道。我年轻的时候确实来过这个洞窟，可是，克孜尔的洞窟那么多，我哪里记得住是哪一个。骆冰煜最后不是留了一个谜语吗？桐离告诉了我，我就知道是这个了。"

沈桐离："爷爷，我不明白。"

墨铃："西州荒鹫凤欲离，这是我们年轻时候的约定。西州，就是指这里，古龟兹国的中心。千格地区有很多地方都有佛窟和壁画，可是，我们一起来过的，就只有这里。这是我和骆冰煜，或者说守卫之间的秘密。"

沈桐离："可是，西壁朝元图这么重要的卷轴，怎么会被安放在这样一个普通的洞窟，难道守卫们不怕有人随便就盗了过去？"

墨钤："桐离，你还记得那句讲述凤凰的诗吗？"

沈桐离吟出来："苍苍梧桐，悠悠古风，叶若碧云，伟仪出众。根在清源，天开紫英，星宿其上，美禽来鸣。世有嘉木，心自通灵，可以为琴，春秋和声。"

墨钤："元日的夜晚时，克孜尔的这片区域正好是紫英星宿的正下方。明天，元日早晨的晨光是钥匙。骆冰煜和其他守卫当年把西壁朝元图藏在这里，就是因为这一点。还有，这个洞窟的顶部，生长有千年古树。你们如果静下心来，可以听到风吹过树叶的声音，那就是天然的琴声。"

大家安静下来，倾听树叶在风中歌唱的声音。

墨钤："艺术中，我是辅助的人。就像我的名字——墨钤。诗书画印中，我是将印印在书画上的这个动作。所以……"墨钤对着沈桐离："桐离，你才是应该担负自己的责任的人。记住，最重要的东西在你自己的内心中，也唯有存在自己的内心中，那东西才可能真正地安全。骆冰煜临死时的动作，是凤凰。凤凰可雄可雌，你们看那里……"

墨钤用手指向石块的底部，画着一只有些粗壮的凤凰，翅膀飞翔的样子像极了骆冰煜临死时的动作。

此刻，明力手机振动了一下，信息显示："骆姘还活着，在——我们上面！"

众人赶紧凑过来。墨铃不无担忧地说："他们可能有危险，你们去救他们。"

除夕之夜，月光杳然，黑暗的峡谷中三束头灯向前。明力同时也告知当地警方，请求救援。但距离林蝶最近的，还是他们。

艰难地绕过大山，到山崖的另一面，三个人艰难地攀登。冬季的山谷中寒风凛冽，加上白天时下过雪，山崖上非常滑，不小心就会摔到山崖下面。靠近山崖顶部，三人依然一无所获。明力发现山崖上的岩石很新，像是人为才弄的，沈桐离发现了绳子。沿着绳子慢慢向下，在山下的沙地上发现了血肉模糊的刑天和林蝶。

温暖干燥的洞窟中，墙壁上的神仙在灯光的阴影中像是在飘动，墨铃慈祥的眼睛看着躺在防潮垫上的刑天和林蝶。

明力简单处理了两人的伤口："刑天的伤看上去像是山石撞击造成的，都是皮外伤。但是林蝶有枪伤。"风世彦楠楠自语："非法持有枪支，这帮人太疯狂了。"

墨铃看着林蝶，有些心疼："我们这一代守卫都是文人，有很多办法隐藏秘密，却保护不了下一代守卫。希望你们新的守卫不像我们一样。"

刑天渐渐醒过来："林蝶！"

沈桐离："她还活着。受了枪伤。"

刑天看向林蝶，检查林蝶的伤情："她很危险。"

明力："可这里是峡谷腹地，最近的救助队到这里也需要三四个小时。她背部的伤伤到了胃部，可能坚持不了那么久——"

墨铃叹口气："不知道自己孙女受伤在不在骆冰煜的计划之内。"抬头看了看眼前的几位年轻人："你们中有新的守卫，究竟是几个人，我也不知道。不过，现在你们需要集体做决定，要不要提前打开西壁朝元图。"

沈桐离："爷爷，提前打开西壁朝元图就可以救林蝶吗？"

墨铃点点头。"守卫齐心很重要。每一个人担负的责任都不一样。既然骆冰煜提前安排了孙女的事情，那么他一定像我一样很早就发现了守卫。"墨铃看着沈桐离，"你是第一个，她应该是第二个。可是你们之后还有几人，我不知道。"

刑天想起教授的嘱咐："守卫所守候的秘密杀死了你父母。"

风世彦看着刑天："你并不是在山西写生误打误撞去的安乐村吧。"

刑天没有说话。

风世彦："骆冰煜教授的死和你有关？"

刑天点点头："我现在和你们的目的一样，都希望救活林蝶。"

墨铃阻止两人："守卫必须齐心协力。有一个人出现问题，那一代的守卫陆续都会死。沈桐离爸爸就是这样去世的，我猜，应该还有林蝶的父母。"

沈桐离有些激动："我爸爸是守卫？"

墨铃望着远处："你爸爸当初的死我们并未怀疑，都以为是意外。可是骆冰煜怀疑事情没那么简单，所以就叫我把你藏起来。我也是那时候带着你离开绿藤市来到千格地区生活。"

刑天听到墨铃讲述沈桐离父母，回想起自己参与的第一个行动，被害人就是一对夫妻，那也是自己第一次见到辛宇琦。刑天不禁问："那是什么时候？"

"桐离六岁的时候。桐离的爸爸是表现出来的第一个守卫。那时候我们也都不太老，两代守卫同时出现了，我们每个人都认为天下太平，不会出现那些破坏的人了。可是——"墨铃低下头，陷入痛苦的回忆。刑天则不动声色地露出舒缓的表情。转念一想，假设不是沈桐离的父亲，辛宇琦说林蝶的父母也是守卫，也去世了，那么两年前制造的事故针对的就是——林蝶的父母。

墨铃悠悠地说："那个世界的秘密你们已经领教过了，但如果不是西壁朝元图，你们确实很难真的理解的。桐离，你知道朝元还有一个意义就是要在元日这天朝拜。大年初一就是元日，我几乎忘记了——每个年代对于时间的观念不一样。严格地说，从此刻起，已经是元日的时辰。桐离，如果要救林蝶，打开西壁朝元图或许是个办法。"

墨铃走到洞窟的角落，用手刨沙，风世彦见状也去帮忙。明力扶住墨铃老人："墨教授，我不明白。"

墨铃露出无奈的表情："骆妍这孩子可能等不到元日的朝阳了，我们不能看着她的生命就这样逝去，我们现在做的并不是合理的，但是——无论如何咱们都应该试试对吗？"

虽然明力有些反对这样类似于迷信的做法，但如果是为了救奄奄一息的林蝶，明力愿意试试。墨铃指挥着大家，沿着洞窟的一角朝下挖。果不其然，在下面发现了一个木制的盒子。沈桐离和风世彦小心翼翼地将盒子捧出来。盒子很沉，用核桃木制成，盒子上雕刻着美妙的凤凰的浮雕，不过从笔法和工艺看，都像是非常晚近的作品。沈桐离看看墨铃，墨铃微笑着点点头。在风世彦的帮助下，沈桐离打开了盒子，里面躺着一卷闪闪发光的卷轴。

沈桐离小心翼翼地拿出卷轴，卷轴装裱得很是高雅，绢丝似乎还散发出细弱的光泽。裱缀上的暗花是祥云形状的，呈现出祥瑞的气息。墨铃和沈桐离都有些激动，墨铃甚至有一些颤抖。沈桐离正要打开卷轴，墨铃拦住沈桐离："桐离，没有人比你更懂这个卷轴。记住，你才能启动那个空间。"

在风世彦的帮助下，卷轴缓缓打开。卷轴的绢丝还呈现新鲜的米黄色，白描的人物在米色的绢中栩栩如生，衣带飘然地随着卷轴的展开展现在众人面前。和美术馆展出的神仙卷一样，这幅卷轴画的同样是八十八位神仙行走在一座廊桥之上，其中带有光圈的主神是庄严端庄的女神——西王母。西王母位于画卷的最右边，对应美术馆展出的神仙卷的扶桑大帝。中间是北方主神，最左边是西方主神。

墨钤告诉大家，关于中国的四方神，在不同的朝代有不同的解释。上古时代，四方神最普遍的说法就是：东方青龙孟章神君，西方白虎监兵神君，南方朱雀陵光神君，北方玄武执名神君。后来随着社会的发展，这四方神君又演化成：东华天地君、南极天地君、西华天地君、北方真武大帝。道教繁盛的时候，这四大神君被吸纳成为道教的守护神君，保护一方，以壮威仪。在佛教和道教同时盛行的唐朝，佛道的并举造成了奇怪的现象，在佛教中也存在四方佛，他们接受世人的供养。西壁朝元图中，除了西王母是神话的人类的王后形象之外，其余的两位主神都是神仙拟人化了的形象。

墨钤缓缓地说："每一个时代人们心目中都有不同的神仙的形象。朝元图也是一样，我们现在看到的，也是经过很多不同年代的画师根据自己生活的年代情况加工改造形成的朝元图。"

风世彦觉得很奇怪："这幅图看上去不像是经历了一千年啊，很新。"

墨铃笑笑："确实，这就是这幅朝元图的秘密。"

风世彦："我可以拍照吗？"

墨铃点点头，包括刑天在内的众人都拿出手机拍照。

"几十年前，我也很不理解，后来理解了。就像你们拍到的照片，复制了朝元图的一些信息，可是朝元图这个卷轴还在我们手上。我们生活的这个世界也是这样。和我们一起平行生存的，还有很多其他的世界。正常情况下，我们不能去到他们的世界，他们也不能来我们的世界。可是朝元图则是一把钥匙，让我们可以进入另外一个平行的世界。我一开始不理解这一切，可是后来明白，进入另一个世界的是我们的意识、思想这些信息，而不是真正的带有物质属性的我们的肉体。"墨铃转头对着刑天，"我不知道你们经历了什么，可是你们一定曾经在另外一个世界的边界。而昨天你们在安乐阁中进入的那个'盒子'，其实就是两个世界的中间地带。你们会觉得那个'盒子'里面没有时间。"

刑天："所以该怎么救林蝶？"

墨铃："这里也有一个中间'盒子'。进入'盒子'里，或者——通过盒子进入另一个世界，我们的时间会不同，骆妍这孩子的时间就比别人的多。她的意志会一直都在，这样在这个世界里她的肉体就像是按下了暂停键，可以等到救援到来。"

明力觉得墨铃的说法十分神奇，沈桐离和刑天则立即开始行动。

沈桐离："爷爷，我们该怎么干？"

墨铃："林蝶的眼睛，可以转变焦距。哪一种动物可以？"

风世彦："鹰，可以在高空转变焦距看到地面上很小的动物。"

墨铃点点头："老骆和骆姘的另一面都是鸟类，而且是巨大的鸟类。桐离，你的另一面是什么？"

沈桐离看着摊开的卷轴。里面的每一条衣襟似乎都在飞舞，每一位神仙都栩栩如生。沈桐离不禁说："我以前似乎看到过这幅画。"画面的光晕开始闪闪发亮，这个洞窟中的砂砾开始像浪花一样滚动，所有人都看到了这样的事实。洞窟墙壁似乎有什么闪光的东西，刑天抱着林蝶。

沈桐离喊了一声："世彦、刑天，我们像在安乐村那样奔跑。"

刑天和风世彦立即明白了。墨铃拉住明力的手，微笑着："老骆应该可以安息了。"

整个洞窟开始旋转起来，砂砾渐渐消散，整个洞窟每个面都变成了镜面。几个人在原地看着四周无限反射的镜面手足无措。林蝶在刑天怀里渐渐醒来，他俩身上的伤都不见了。整个空间闪烁着无数的光晕和反射，每个人都有很强的不真实感。空间中的所有物品被四面的墙壁无限反射，形成不断变换的形象。

明力有些犹豫地问："所以，现在的我们并不是我们？"

沈桐离："现在的我们是我们DNA的信息集合，我们的信息传递了，但是我们的身体和其他的主要信息应该还在原来的时空，没有变。"

风世彦："林蝶真的好了。我们现在究竟是在另外一个时空还是像在安乐村那个空间盒子里一样，在一个中间地带？"

墨铃看了看这个镜面的另一面，用手指了指："那面的灯光是温暖的黄色，和这里的都不一样。"

沈桐离："那这里应该仍然是中间状态的空间盒子。"

林蝶："你们带我来这里是为了延缓我的时间？"

沈桐离："在克孜尔千佛洞那里的时间。"

林蝶："原来这里也都画着朝元图。是不是每一个空间盒子都画着朝元图？"

墨铃笑笑："除了你，我们都看不到。不过我想是的。"明力看看四周，看不出任何和朝元图有关的东西。风世彦赶紧解释："林蝶的眼睛可以自动变焦，她看到的画面和我们不一样。"

明力渐渐相信众人。林蝶看到的镜面上不是平整的，而是用和镜面一样颜色的线条、以白描的方式画着朝元图。林蝶看到了西王母，确定这里画的应该是西壁朝元图。

刑天："我们在这里等着吗？等着时间？"

墨铃："既然来了，我们为什么不到处看看？"老爷子首先朝着黄晕的灯光方向走去。

真的走到了外面。

外面是一个灯市，处处张灯结彩的，人们穿着绚丽多彩的宽大袍衫，像是在逛灯市。有的女子穿着齐胸襦裙，身披宽袖或者窄袄的短袄，裙褶飘摇；有的男子戴着幞头，身着圆领长衫，外配各色长袍，腰部着革带，脚蹬长靿靴。墨铃带着沈桐离他们五人站了一会儿。风世彦感慨："他们穿的衣服和朝元图上的好像呀。"沈桐离："难道我们回到了过去？"

墨铃摇摇头："不能拿我们的时间标准和这里比，我年轻时候也犯过这样的错误。"

林蝶："他们——和我们不一样。那个人，他的腿是金属的。"

几个人顺着林蝶手指的方向，看过去，那是一个穿着棕褐色镶金边的罩袍、里面着浅咖色圆领内衫的男子，腰带看似皮革质地的，奇怪的是上面有一个像是枪托样式的东西。风吹过，露出长袍下面的腿，的确有一条是金属杆。众人再仔细看周围的人。他们的穿着看上去像是唐朝或者宋朝的，但事实上又有很多地方不同。比如衣服的颜色，粗看下很像是古装，事实上有一些带有绚丽的五彩激光光泽，有一些则明显像有乳胶质感。他们穿的衣服的样式也千奇百怪，大致看上去像是朝元图上的，可是很多细节又像是 21 世纪的东西，比如耳朵里的耳返、高跟靴子，发型有些也很后现代。几个人都有点蒙，裹足不前。

墨铃在各个花灯前驻足流连，像是这里的人一般自如。他过来拉住林蝶："你现在身上没有伤了，今天这里应该也是除夕这样举国同庆的日子，明天估计也是元旦。"

沈桐离："爷爷，既然时间不一样，咱们在这里要待多久？待的时间太长了，林蝶会不会直接变成尸体？"

林蝶："你才是尸体！"

墨铃正准备答话，风世彦被前面的店铺吸引，拉着明力走过去，墨铃带着沈桐离等人也跟了过去。刑天则到处观察着，总觉得这里很熟悉，似乎曾经来过。

店铺门口站着一人，引导大家鱼贯进入店铺，店招上是类似屏幕的东西，广告词是"玩转时间，遇见三十分钟前的你"。进入店铺的空间感觉很奇妙，里面有一些木质的家具，像是 20 世纪 80 年代常见的那类，有五斗橱、书柜、缝纫机。这些东西将人群分割，人们只能从陈列的这些家具旁边鱼贯穿行。接着经过一道全黑的通道。通道的尽头是一个豁然开朗的空间。这个空间像是非欧几何的，没有上下左右的方位，地面是方形的，天花板部分就像是半球形的。最奇妙的是，迎面而来的，恰恰就是自己。每一个人都可以看到十几分钟之前的自己穿过那些家具时的样子。风世彦有些嗤之以鼻："这还挺有创意的，这么简单的东西搞出这么多名堂。"

刑天反问："简单？"

风世彦："用几台摄影机和全息投影就可以解决。他一定是在我们进去的时候拍下我们的画面，再用全息投影回放出来就可以了。"

"也许——我们遇到的真的是之前的自己。"刑天伸出手来，准备和迎面而来的自己握手，对方愣了一下，也笑着握手，"所以不是全息投影。"

十五分钟前的刑天："我当然不是投影，我是真的。"

众人都有些诧异。纷纷找到自己，和自己握手，又互相和其他人握手。

很快其他顾客上来，他们六人只好和之前的自己告别。从体验店出来，明力有些不敢相信："这样不是会乱吗？如果出来的是十五分钟之前的我呢？"

那个招揽顾客的人在门口笑着说："怎么可能，只有一个你，我们只是在这里面折叠了时间而已，之前的你在线性时间中仍然在那里，怎么可能出来。线性时间中靠后的你们才在时间线上，你们遇到的自己不在时间线上。"

这样像是绕口令似的解释并没有让所有人明白，刑天却对林蝶说："我来过这里。"

　　林蝶这时候已经没有了刚刚到来的新奇，和刑天在队伍的最后面，严肃地问："你并不是写生误打误撞到安乐村的吗？你是为对方的教授工作的？"

　　刑天低下头，点头承认。

　　林蝶眼中有泪："我的父母、爷爷都是你杀的？"

　　刑天摇摇头："骆教授是自己撞到我的刀上的，当时我并不想杀他，只想知道朝元图的线索。"

　　林蝶一巴掌打到刑天脸上，眼泪夺眶而出。明力在旁边看到，没有想到在另一个平行时空，自然而然地把骆冰煜的案件破了。明力抓住刑天的胳膊："既然你承认了，我们需要你配合调查。"

　　刑天看看两边："这里是另外一个时空。"

　　风世彦："可是我们的使命没有变。"

　　说到使命，刑天想起他自己的使命。眼中露出凶狠的光："既然是另外一个时空，我们在这里可以不讲规则，为所欲为。"

　　刑天抽出随身的短刀，刺向沈桐离。沈桐离正关注着一个店家，完全没有防备。风世彦一脚上去踢飞了刑天的短刀。明力也上前想要擒住刑天，三个人打斗起来。不知道是不是由于在另一个时空无所顾忌，大家打得都比较狠。

碰到了旁边一些小摊贩，周围的人群也形成一个圈，围观起来。墨铃非常生气大喊："住手！住手！"这时一种奇怪的高频声音响起，凭着警察的直觉，风世彦发觉声音可能是当地警察的。墨铃说："回到那个镜面空间去。"

沈桐离和林蝶扶着墨铃赶紧朝回跑。明力、风世彦和刑天也停下打斗，赶紧朝来时的路飞奔。

后面一群警察开着一种特别的可以飘浮在空气中的交通工具追赶过来，速度很快，一路喊话叫他们停下来。风世彦看着后面的警察，发觉他们也穿着长袍，是蓝绿色的，腰上配着镭射激光的腰带，长袍随风飘飞。墨铃有些体力不支，刑天干脆将墨铃抱起来。后面的警察朝着他们几人射击，明力和风世彦顾不上很多，随手捡起地上的石块还击。镜面空间那黄晕的灯光终于在眼前，几人都欣喜异常。飞奔进入镜面空间的时候，他们都上气不接下气，有的趴着，有的靠着墙面。等待了一会儿，确定那些警察都没有追上来，墨铃首先哈哈大笑起来，其他几人也都劫后余生般地哈哈大笑。刑天和风世彦互相拍了一下手，才发觉是对方，又停了下来。

墨铃："你们之前问，我们守卫的是什么？就是这个。你们才进入一个平行时空几分钟，就已经造成了混乱。何况每个世界都有那么多人，如果这个秘密被更多的人发现，后果不可想象。让每一个世界各行其路就是我们应该做的。"

墨铃缓缓地说出这些话，不住地咳嗽起来。众人被墨铃的话语所刺激。

刑天满脸疑惑，想问，但又不敢问。

墨铃看着刑天："问吧。"

刑天："你们——守卫，为什么当年要杀了我的家人？"

墨铃看着刑天："我一开始不明白你怎么可能接近骆冰煜，现在我知道了，是他让你接近的。"

刑天："是教授安排的。"

墨铃："你的那个教授，他一定是我们这一代的守卫。可是我们这一代的守卫除了我，已经全部去世了。"

明力："你们不是还有一位季薄钊？"

墨铃："他是真的学者，不是守卫。就像咱们现在有六个人，咱们都去过盒子空间，也都到了一个平行世界，但是我们不一定都是守卫。"

林蝶："你说我爷爷主动让刑天接近他？"

墨铃："这里不稳定，我觉得时间差不多了，咱们回去吧，迎接元日的朝阳。太阳底下，什么都会清楚。"

沈桐离："如何回去？"

墨铃："你想一想，你是钥匙。"

沈桐离看着四周的镜面，开始朝着一个方向奔跑。刑天、风世彦等人也随着他一起奔跑。就像在安乐阁那个盒子空间时一样，整个镜面空间开始旋转、坍塌。林蝶发现西壁朝元图的这个空间，旋转的方向和安乐阁的那个恰好相反。

他们回到了大峡谷深处的那个洞窟中。林蝶醒来了，身上的伤依旧，只是精神好了很多。此时外面的天空已经泛白，墨铃要大家等着朝阳。

风世彦和沈桐离则看着西壁朝元图大吃一惊：原来卷轴上的绢正在慢慢变暗。

墨铃："这幅西壁朝元图有它自己的宿命，也有它应该的归宿。如果能留在照片里，也是不错的。照片就像是穿越到那个平行世界的我们。"

明力心里有一点疑惑，但是面对墨铃和沈桐离又不好表现出来，那就是：为什么这幅卷轴就是西壁朝元图呢？难道不会是假的？既然那位幕后的教授安排这么多年，为了卷轴杀了这么多人——西壁朝元图竟然这么简单就被发现了。刑天想起了教授的指示："必要时可以用对付骆冰煜的办法去对付墨铃。"也许教授早就预料到墨铃会不靠谱地带着沈桐离和那个警察到这个洞窟。

墨铃："大家不要睡，现在时间也差不多了。"

此刻，元日的朝阳将金红的光射进洞窟中。整个洞窟似乎被点燃了一般，每一个角落都被橙色的光芒照射着。这个时候，众人才发现这个洞窟确实奇妙：洞窟并不是圆弧形的，在一些拐角，放置着反射光线的东西——镜子，这些镜子有些被砂砾掩埋了，有些蒙着灰尘。周围传来树叶沙沙响的声音，很多的镜子居然被风吹落了灰尘。这个时候，朝阳的光线进入洞窟，每一面镜子在各自的角落，用自己蒙尘的镜面折射太阳的光芒。这样的光芒照亮了洞窟的每一个角落，使整个洞窟明亮而且绚丽。风世彦和沈桐离都惊异于这样巧妙的设计。可是，他们手中的卷轴也在这美妙的光线中越发地黯淡。从米黄变成褐黄，又从褐黄变成全黑。风世彦和沈桐离希望尽快卷起卷轴，用衣服包住卷轴，希望卷轴不要再继续变黑。可是墨铃告诉他们，这些都是徒劳的。在两人的手中，这幅被墨铃认为是西壁朝元图的卷轴，骆冰煜教授为之付出生命的画卷，慢慢化为灰烬。这感觉就像历史在自己的手中以快进的方式演出一样，从新鲜的卷轴到灰烬，只有十几分钟的时间。

墨铃有些感慨地说："这些小镜子的用途就是将卷轴变成灰烬。也只有在元日这天才能做到。现在的我们不知道最早画出朝元图的是谁，传世的任何版本的卷轴，无论经历什么样的保护，最终都会被时间湮没，成为灰烬，而留下来的是什么？是我们心中的朝元。这也就是守卫所守护的东西。"

一时间，风世彦惊诧地说不出话来，沈桐离则怅然若失。刑天偷偷将眼前的景象拍摄下来发给了教授，又删除了发送信息。

墨铃似乎很轻松，也很高兴。洞窟中的光线慢慢趋于正常。卷轴的灰烬仍然在风世彦和沈桐离手中，有一些飘落在脚下，和砂砾混合在一起。沈桐离伏在地上，希望捡起来一些。墨钤如释重负，开心得像个小孩子："我肚子饿了，救助队的人应该快到了吧。"

明力走出洞窟，不远处红蓝的警灯闪烁着。

林蝶被抬上担架，刑天被警方戴上手铐。刑天没有反抗，只是问着墨钤："你还没有回答我的问题。"

墨钤拥抱了刑天："我不知道教授是谁——但是，他在说谎。你的父母——如果我没有猜错，是在另外一个平行世界。有人因为自己的私利，把你带进了我们这个时空当中。我终于知道桐离的父亲为何而死，应该是发现了你的行踪。"墨钤从口袋里拿出沈桐离父亲沈瑶和母亲古旋的照片："你记得这两人吗？"

刑天有些惊诧，在记忆里关于妈妈的形象和照片上的古旋几乎一样。

墨钤："古旋是沈桐离的妈妈。当时，应该是她发现了你，把你抱回家的。"

"我那时候在绿藤市忙着追查教授是谁。那段时间发生了好几次利用朝元图随意打开盒子空间的事情，范围不大，我忙着排查。万万没有想到有人把一个孩子带到了这里。"

明力："咱们先回到城里，一切都会调查清楚。"

一行人乘坐的车队离开了库车大峡谷。刑天望着元日的天空，蔚蓝的天空中一架直升飞机飞过。

辛宇琦在直升机上抱着一个大箱子，身上有些许金粉。辛宇琦接起电话，教授的声音传来："你中了骆冰煜的计策！他们已经得逞。"辛宇琦："我找到了宝藏！咱们成功了！"

教授："蠢货！金子不重要！"

辛宇琦："金子对于我很重要！比西壁朝元图更重要。"

电话那头："蠢货！如果不按照我说的做，你就再也见不到你的金子了！咱们还有最后的机会。"

关于西壁朝元图，明力赶快上报给了警队领导，虽然不能肯定墨铃和沈桐离他们找到的一定是传说中的西壁朝元图，但是在克孜尔千佛洞区域擅自挖掘是触犯《文物法》的。当地文物局反馈也非常及时，可是结果却让明力非常意外：那个洞窟是20世纪80年代才挖的，当初是一位专家骆冰煜带着一个专家团队一起挖的，主要目的是建造一个模型研究古代洞窟的构造。所以，他们找到的洞窟并不是文物。

明力听到这个消息的时候他们刚刚到医院，大夫推着林蝶去急诊室。

明力看着墨铃："我们刚才去的那个洞窟是20世纪80年代您和骆冰煜教授一起挖建的？"

墨铃笑着："是呀。"医生要检查墨铃老人的病情，墨铃摆摆手，让大家停下来，面对着几个年轻人，说："其实这是关键，守卫守护的不是一件具体的东西，而是一个路径。朝元图也并不是指具体的一个卷轴，而是在每个人内心深处的形象。每一代守卫画出的朝元图，才是真正的朝元图。"墨铃笑着被推到了病房接受治疗。

明力不敢放松，虽然已经非常累，但仍然安排干警分别守卫在林蝶和墨铃的病房里。自己和沈桐离守在墨铃的病房里，风世彦守在林蝶的病房里。

夜半时分，沈桐离觉得舅爷似乎没有呼吸了，赶紧叫急救，果然墨铃的心脏监测仪变成一条直线。沈桐离抱着墨铃哭泣，与此同时，林蝶的病房闯入一伙黑衣人，他们袭击了警察。明力安排干警陪着沈桐离，医务人员开展救治墨铃的工作，自己则赶往林蝶病房。

这是一座县城，最好的医院就是他们所在的这家医院。医院最高的楼房是一栋五层的板楼，旁边有两座三层的耳楼。林蝶所在的急诊科在耳楼，墨铃在心脑血管科，位于主楼四层。明力已经安排好第二天一早起飞的飞机将几人都送往条件更好的中心城市绿周市。可是出现在林蝶病房的袭击者让明力感觉对手似乎能够猜出自己的安排。

明力赶到时，六个黑衣人正在和风世彦等人打斗。见到明力赶到，几人赶紧从窗户撤走。林蝶的病房医疗器械和药品散落一地，风世彦受轻伤，明力派干警赶紧追击对方。一瞬间，明力觉得不妙，赶紧返回墨铃的病房。风世彦也觉出队长的异样，带着伤朝墨铃的病房跑。墨铃的病房中，几名干警和医务人员昏迷在地。墨铃的尸体依旧在病床上，可是没有了沈桐离的身影。

主治医师经过诊断，确定墨铃没有遭受任何外部干扰，他死亡的原因是突发心脏病。

所以这群人的目标是沈桐离，明力连夜回到公安局关押刑天的地方审问刑天。

16

明力是一个勤奋的警官，关于骆冰煜被害案件的调查从来没有锁定在单一的一条线索上。骆教授在生命最后一段时间，宁可放弃生存的机会也要留下的谜题，肯定不会这么简单，也不可能是激情之下的举动。此时关于美术馆和李德集团的财务调查带来了一些好消息。经过详细的资料比对，李德集团公开资料中，近年来至少有三千多万元的资金和骆冰煜有往来。针对这些资金往来路径的追踪调查，警方发现其中至少有一千万元的资金在辛宇琦和骆冰煜之间往来，并最终进入两人的私人账户。目前这些进入私人账户的钱是不是行贿受贿虽然不好肯定，但可以肯定的是，这样的资金流向显然是不合规不正常的。骆冰煜安排自己的孙女每年除夕写生，邀请墨铃的孙子到美术馆工作，提前收购和朝元图有关的画作——这一切最初是从什么时候开始的呢？两年前，骆浚和林慧被害的时候开始的。在明力到绿周市的时候，他已经安排警官调查骆浚夫妇去世的案件，也发现了疑点，这起案件显然单纯是车祸，可是背后的操控者却完全被隐藏起来，没有线索。

骆冰煜布局这些所要防备的敌人是谁呢？

明力相信人的社会性，要想真的了解一个人做的事情，和谁有关系，还有一个更好的不惊动本人的办法，就是调查他的行动轨迹、资金获得和使用轨迹，调查他消费的细节，并从中分析其中的关联性。这是一个巨大的工程，现代计算机技术的大数据运算给明力提供了一切的可能性。

明力单刀直入地问："教授是他吗？"明力拿着辛宇琦的照片。

刑天："林蝶怎么样了？"

明力："今天晚上林蝶被刺杀。"

刑天非常紧张："她——"

明力："林蝶没事。"

刑天长呼一口气，看着照片摇摇头。明力又拿出季薄钏的照片："他呢？"明力之所以拿出季薄钏的照片，主要原因是今天他们去到的那个洞窟，二十年前挖掘的人除了骆冰煜、墨铃，还有季薄钊。这位和骆冰煜齐名的学术大牛可能就是刑天口中的教授。

刑天："我并没有见过教授。"

明力："没有见过？"

刑天点点头："从八岁起，教授都是通过电话和我联系。我在孤儿院长大，小学是私立寄宿学校。教授说他负责我的所有开支，我的名字也是他起的。小时候，每天教授都会给我打电话，陪我聊天。他关心我，有时候像妈妈，有时候又像爸爸。"

明力："你也没有想过见他？"

刑天："当然想过。十几岁的时候，为了见他，我还专门追踪他的电话的地址。可惜没有追踪到，我也问过我的学校的老师，没有人见过他。虽然他几乎天天都陪着我，可是却从未真的在我身边。"刑天说到这一点的时候表情悲伤到让人心疼。明力开始理解为什么他有些孤僻，从小到大，他都是异常孤独的，周围的关心和爱都可望而不可即，也许这也能理解刑天为什么会救林蝶。

明力收到的关于刑天的资料和刑天自己的讲述非常相似。这个孩子从进入孤儿院开始，就定期有充足的资金转入，但是没有人见过那个资助者，人们似乎都默认是一位好心人一直在资助刑天，大家毫不怀疑那个人的真实性。这位"好心人"在十四年的时间里，支付刑天基本教育和生活资料的费用，除此之外还花费不少的钱让刑天几乎接受了绿藤市最好的艺术、格斗、枪械、游泳、划船等教育。刑天刚刚大学毕业，但他所受的教育足以让普通人为之注目。

明力连夜安排人调查所有提供给刑天的资金的对方账户信息——这是一项不小的、持续时间长的行为，不可能完全没有痕迹。刑天自己没有调查出来，很大的原因在于他并不掌握调查的权力。

由于是大年初一的夜晚，且需要调查的内容牵扯十四年各个教育机构的资料，所以即便是明力，也要几天的时间才能知道结果。

安排完这一切，明力接着审问刑天。

"你怎么看墨钤教授说的关于你的事情？"

刑天有些沮丧，低着头没有说话，接着抬起了头："我不知道。从小我觉得自己和别人不一样，我不太交朋友，也不喜欢和别人打交道。等教授的电话是我每天最盼望的时光，看书就是我的社交生活，在各种各样的书里面了解别人和这个世界。"刑天的眼睛露出纯粹的光芒，明力居然有些感动。

刑天接着说："我不知道自己来自哪里，如果我真的来自另外一个平行世界，那么，我和你们——生活在这个世界的人有什么不同？我在这里生活了那么久，我仍然是一个外人吗？"刑天的眼中闪烁着泪光，但没有流下来。

明力答不上来，眼前的这个年轻人虽然是嫌疑犯，但让自己有一些怜惜。

明力没有忘记自己的职责："跟我说说骆冰煜去世那晚的事情。"明力不自觉地已经用"骆冰煜去世那晚"来表述，而不是问"你杀骆冰煜那晚"。

刑天没有隐瞒："教授告诉我，我只要告诉骆冰煜，我是古旋的儿子，他就会见我。那时候我就可以当面向他要回我父母当时守护的秘密。当然，我的目的是要到关于西壁朝元图的所有线索。果然，骆教授真的约见了我，就在那天夜里，时间是他定的。"

刑天回忆起那天夜里的事情。

那天晚上，刑天事先录制了三楼电梯和货运通道的监控视频，击晕安保人员，循环播放录制好的监控，然后坐货运电梯来到三楼货运通道。骆冰煜也在约定的时间赶到。可是他们尚未谈话，展厅的门被推开，沈桐离出现在货运通道。骆冰煜没有暴露刑天，还打发走了沈桐离，遣散了工人。

骆冰煜看到刑天，就像是见过他似的，第一句话就是："我们都以为你死了。"

刑天："十四年前你们杀了我父母？"

骆冰煜没有回答，却笑着让刑天在月光下欣赏那幅《八十八神仙卷》："这幅画卷是沈瑶和古旋修复的。"

刑天："这幅是东壁，我要西壁朝元图。"

骆冰煜："你知道什么是西壁朝元图吗？"

刑天："知道。"

骆冰煜笑了："那个人告诉你，我们杀了你父母？"

刑天点点头。骆冰煜："所以你两年前杀了骆浚？"

刑天又点点头。骆冰煜像是要逃跑一样转身向黑暗的三楼展厅跑。可是几十岁的骆冰煜怎么跑得过刑天，刑天几步追上骆冰煜，一把抓住骆冰煜的胳膊。这时候骆冰煜的举动让刑天很迷惑，他撞向刑天的短刀。短刀刺穿了他的肺部，一时间血流如注。刑天有些疑惑："为什么？"骆冰煜此时已经倒在地上。

刑天悠悠地说："你守护的，交给我们也是一样。现在觉醒，还来得及救你的命。我不想杀你。"

骆冰煜一步一步爬向《八十八神仙卷》的展柜，说了西壁朝元图的地点："凤凰鸣矣，于彼高岗。梧桐生矣，于彼朝阳。"骆冰煜抬起满是汗滴的头，看了刑天一眼："山西，安乐村。跟着这句诗找到道观的墙。墙角下。朝阳初升时。"

刑天点点头："谢谢。另外一个线索在哪里？"

骆冰煜用手指了一下《八十八神仙卷》对面墙上的一幅清朝的画——清人仿宋画《山乐》。画面上部是层叠融翠的山峦，被云雾萦绕着。画面下部隐约露出一座小镇，一条山路从画面的下方深入山里，路上，五个老汉形态各异，在山路上一边唱歌一边舞蹈。最奇妙的是，五个老汉仅仅只有两三厘米大小，却画得惟妙惟肖。刑天用手机拍下这幅画的全貌，并且重点拍下几个老汉和隐匿在山峦中的小镇，留下一声"谢谢！快去报警，我不希望你死"，便消失在黑暗里。

后面的细节明力都已经知道，可是刑天的叙述仍然有一些令人迷惑之处："既然你不想杀骆冰煜，为什么要击晕安保，循环播放录制好的监控？"

刑天："两年前我杀了骆浚，我不想留下现场的痕迹，不想让别人找到我。"

明力："两年前？你那时还在上大学？"

刑天没有隐瞒："在两年前，我在大二时候，教授告诉我当初杀害我父母的人就是骆浚。"

明力："教授一直告诉你，你父母是被杀害的？"

刑天点点头："教授说，我父母都是古画修补师，他们一直在研究朝元图，守护朝元图的秘密，这个秘密关于一个巨大的宝藏。东壁的朝元图就是我父母修补的，而西壁朝元图，也是他们守护的。我爸爸和妈妈被带到一个山里，那些人想要通过这种办法让我父母说出关于朝元图的秘密。可是妈妈开车逃跑，车撞到了大树上。当时爸爸在车里，他把我扔向车外，他们两人掉下山崖，我失忆了。"

明力："你相信了这个故事？"

刑天："教授给我这把短刀，是我母亲的。我十岁时候去过出车祸的地方——就是大峡谷那里。我一直都留着那里的照片。"

明力表示出关心："如果你不介意，我们用这张照片帮你调查你父母究竟是谁，那次事故究竟是什么样的。"刑天在坐上警车从峡谷出来那一刻，他的手机就成为物证之一，警方已经读取了里面的所有数据。

刑天点点头。在刑天的描述里，教授几乎每天都和他对话，是个上年纪的男性。

明力接着问："所以你杀了骆浚夫妇？"

刑天点点头："那时候我也怀疑过。那天大雨，我按照教授的指示破坏了他们的刹车，他们两人真的失去控制，撞到树上。我以为人都死了，但没想到骆浚还活着，我不知道怎么办，只好把他从车里拉出来，那时候他看到了我的短刀，他认识这把短刀。他想要告诉我当初的事，可是晕倒了。我当时有些害怕，丢下他们跑了。教授告诉过我，不能在他们面前留下印记。"

明力："你没有破坏他们的车？"

刑天摇摇头。

明力："可是骆浚当时并没有死，他是在送往医院之后去世的。"

刑天无动于衷。

明力："你没有追杀到医院？"

刑天有点疑惑："教授没有让我那么做。我不能暴露自己，我还有更重要的事情，当时回学校了。"

明力若有所思："最后一个问题，《山乐》这幅画对于你意味着什么？"明力知道，刑天和沈桐离对于凶案现场描述的唯一不同点在于《山乐》。刑天手机中拍摄的《山乐》是五个小人，而沈桐离拍摄的《山乐》是六个小人。最后一个显然是骆冰煜自己画上去的。刑天和沈桐离都说《山乐》代表着守卫的线索，那么是哪一代的守卫呢？沈桐离的照片为什么比刑天的多一个小人？

明力叫刑天好好休息，明天赶飞机。

17

飞往绿藤市的飞机依旧被阳光包围，刑天此时看着窗外的云层陷入沉思。沈桐离也在同一架飞机上，进入睡梦中，梦中看到西壁朝元图上的神仙衣带飘飘，每一个细节都清清楚楚。

在医生的陪同下，林蝶也乘坐飞机离开这座小县城。下了飞机，曾宣在机场迎接他们。这令明力有些意外。林蝶解释是自己给曾姐打了电话。曾宣陪着林蝶来到医院。

另外一边，在明力他们从大峡谷中回到县城时，辛宇琦也回到了绿藤市，根据教授的安排来到美术馆。

　　在绿周市的医院病房里，林蝶得到进一步治疗，曾宣留在林蝶身边照顾林蝶。

　　林蝶入睡，曾宣叫住了明力。

　　曾宣："这些是我们美术馆最近三年的一些画展和合作资料，其中和李德集团合作的项目占比大约超过六成。李德集团是我们最大的服务商，也是最大的赞助商。我不分管财务，所以我只有活动本身的资料。"

　　明力接过电脑看。

　　明力："谢谢，你的资料对我们很有用。"

　　曾宣压低了声音，靠近明力的耳朵："事实上，我知道我的前夫，也就是辛宇琦，和骆馆长之间一直有私密的经济往来。"

　　明力："哦？"

　　曾宣："站在骆馆长的角度考虑，我相信其中多少有辛宇琦的诱导。"

　　明力："曾馆长，您为什么这个时候跟我讲这些，而不是一开始就讲？"

　　曾宣："我确实有一些担心，辛宇琦是我前夫，而骆馆长，虽然我相信他这么做并不是为了私利，而是为了收藏古画，但是毕竟这样的行为叫行贿和受贿。另外，我也仅仅是出于工作细节才考虑的某些怀疑，并没有确凿的证据，所以我一直犹豫要不要告密。"

明力看着曾宣："你把这样的行为定义成告密？"

曾宣："是呀，对于你们来讲，我是包庇；对于我前夫来讲，就是告密。感情上，我不希望骆馆长的声誉有任何损失。其实我这么做也是有一点里外不是人的意思。"曾宣苦笑了一下。

明力："我觉得叫举报似乎更好些。所有举报的人似乎都有你这样的疑惑。很正常，你不用焦虑或者自责。因为要阻止不对的事情而做的举报，是道德范畴里面的，也和所谓的江湖义气无关。"

曾宣："你觉得我不明白这个道理吗？"

明力："你这样的学者一定是明白的。可是，有时候将道理变成自己的行为，还是需要勇气。"明力此时给曾宣投来鼓励的目光。曾宣有一点感动，也有一点忧虑："我很了解辛宇琦，我相信他一定有一个背后的支持者，帮助他一步步地研究西壁朝元图的神秘力量，当然，最根本的是，辛宇琦适合这样的研究。"

明力："辛宇琦背后的力量？为什么不是他自己呢？"

曾宣："我也不知道，但是我能感觉到辛宇琦的背后有一个学识渊博的力量。帮助他利用李德集团敛财，帮助他寻找守卫和西壁朝元图。"

关于资助刑天的资金来源的调查有了一些进展。最初的几年，资金都是现金汇款，汇款的银行位于美术馆附近。进一步调取分析当时的监控资料和签字凭证字迹，和林慧的很相似。可是之后几年，汇款变成了网络汇款，而付款账户则是骆冰煜。这样一直持续到刑天上大学，汇款方变成了一家公司，而这家公司的投资方则是李德集团。

骆冰煜自己培养了刑天？明力觉得这说不通。刑天刺杀骆冰煜那晚，骆冰煜明明说以为刑天已经死了。墨铃直到在大峡谷洞窟里才认出刑天是从另一个平行世界被抱来的孩子，当时是古旋救了他。另一边，风世彦调取了沈桐离被劫走的所有细节资料，没有什么有价值的线索。关于李德集团的资料全都传给了明力，这么多线索都指向李德集团，明力决定首先分析李德集团的资料。

可是坏消息再一次传来：曾宣和林蝶同时失踪了。现场有一些血迹，经过化验大部分是曾宣的，还有部分是林蝶的。医院监控捕捉到的画面显示：曾宣扶着林蝶去洗手间后，坐下来削苹果，不小心伤到手指头，放下水果刀到洗手间——两个人就这样光天化日之下失踪在洗手间！没有任何征兆，没有痕迹，也没有发现任何其他人。

明力和风世彦在现场都觉得匪夷所思。

两人一刻都没有休息，调查了刑天和林蝶所说的那个堆满金沙的洞窟。从挖掘工程的工人处得知，这个洞窟是曾宣在骆冰煜的授意下挖掘的，时间大约在四年前，这个项目在美术馆的账目上也有显示：四年前，美术馆有一项关于克孜尔石窟的研究项目，其中一项内容就是根据克孜尔石窟中的样式仿制一个，从而研究其挖掘原理。曾宣负责了这个项目，可惜这个项目尚未完工便遭遇洪水，汇报资料显示整个洞窟被毁了。美术馆也暂停了这类实体研究项目。

"根据刑天和林蝶的描述，这个项目并没有毁掉，可是金子是从哪里来的？"

明力想再和刑天聊聊，此时明力已经调查到刑天所说的自己父母出事的那个地点真实发生的事故。

见到刑天，风世彦给刑天看了十四年前在绿藤市一起车祸的照片。刑天仔细辨认，缓缓地说："我父母的车祸？"明力叹口气："你再看看。这是当年警方的案件详细材料。"

刑天翻看了受害人信息，古旋和沈瑶的照片出现在眼前。摸着古旋的脸，刑天似乎想起什么。古旋抱着刑天："我会帮助你，你快回到你来的地方，在这个盒子里奔跑。"刑天看看周围的场景，是安乐阁废墟下面的那个画满朝元图的盒子空间。刑天奋力奔跑，可惜没有用，盒子没有转动起来。古旋抱着刑天："没关系，阿姨会照顾你。"

刑天："他们——是我的父母吗？"

明力摇摇头："不是，他们是沈桐离的父母。他们带你去安乐阁废墟，在回来的路上发生的车祸。"

风世彦："警方从这辆车过收费站的记录显示得知，当时车上有你和另一个人，还有沈瑶和古旋夫妇，这是照片。你能想起来另一个人是谁吗？"

刑天摇摇头。

明力："你们的车在绿藤市美术馆附近的立交桥上撞上桥墩，整辆车掉下引桥，当时车上只有三个人，还有一人不知去向。"

刑天："我记不得了！"

明力："关于《山乐》，你有没有什么没有告诉我们的？"

刑天："教授说我要找到守卫，杀死他们，林蝶和沈桐离就是。除了他们，应该还有一个，只是教授还不知道是谁。"

风世彦有些失落。

刑天反问："是不是出什么事情了？林蝶还好吗？"

明力："林蝶和曾宣都消失了。"

刑天很惊诧："消失？怎么会消失？曾宣是谁？"

明力反问："教授没有跟你说过曾宣——辛宇琦的前妻？"

刑天："教授为什么要跟我说？"

明力："他是骆冰煜的副馆长。"

风世彦："你从八岁到高中，所有费用都是骆冰煜出的，你的资助人是骆冰煜。"

刑天显出有些不置可否的表情："骆冰煜？上一代的守卫？怎么可能？教授一直告诉我骆冰煜就是我们的敌人。"

"关于那幅画,关于骆冰煜,你还知道什么,告诉我们。"明力有一些真诚。

刑天："教授跟我说过,对于人类越珍贵的东西,人们就越会花很大的代价去保护它。每一件存放在保险箱里的东西,都封存着现实生活中的一段和金钱、权势有关的故事。这些东西的主人以为拥有的意义就是占据,但事实上,这些对于他们很珍贵的物品,对于大众来说,可能没有任何意义。可是守卫不同,守卫们宁肯用更加隐秘、更加文艺的方式去隐藏和保存珍贵的东西,比如用守卫传承的方式来保护西壁朝元图,将谜语藏在诗句和绘画中,而不是建造保险箱,豢养安保人员将这些珍贵的东西保护起来。守卫的方法更加有效,西壁朝元图从宋朝以来,一直没有在世俗世界中露面。但是朝元图一直都在人们心底深处。"

明力："你说沈桐离和林蝶都是守卫？"

刑天点点头："所以他们一定会被教授杀死。"

明力："你觉得教授是什么样的人？"

刑天："他学识丰富。有时候像妈妈,有时候像爸爸。他很关心我的生活,我做错事情的时候他也会很暴躁。"

看来刑天关于教授是谁的确并不知晓,风世彦有些沮丧："会不会是另一个平行世界来的人抓走了林蝶和曾宣？

咱们去过镜面盒子和那一个人类都有机械身躯的世界，我现在相信有些事情可能是在我们认知范围之外的。"

这时候刑天提出了疑问："墨铃爷爷说我是从另外一个世界抱过来的，可是我和你们并没有什么不同。"

风世彦也表达了相似的观点："如果要说不同，林蝶的眼睛才是，正常人怎么会有她那样的眼睛？"明力想到沈桐离说过的，骆冰煜叫沈桐离自己寻找另外一个自己，这是什么意思？沈桐离和林蝶，他们有什么能力守护每个平行世界而且各行其路、不互相穿越呢？

明力和风世彦离开刑天，回到办公室。在调查骆冰煜的个人账户信息时，警方发现其中有一部分钱流向了李德集团的一个工程公司，就是用于挖掘库车大峡谷那个装满黄金的洞窟。可是财务信息显示出来的金额超过三千万元，这是一笔巨大的款项，直觉告诉明力，在那里挖掘这样一个工程并不需要那么多钱。难道骆冰煜购买了那些金子？按照刑天的描述，那些金子的市场价格超过三千万元。所以这些花给工程队的钱究竟在干什么呢？

明力派风世彦去调查工程队。

另一边，曾宣扶着有一点虚弱的林蝶，沈桐离跟着辛宇琦，他们一前一后走在狭窄泥泞的通道里，周围灯光昏暗，每隔一段位置会有一盏昏黄的灯——他们在一个山洞里行走，山洞有一些弯曲，每走一小段路，就会从主通道挖出一个不太大的空间，像一个个黝黑的陷阱散发出阴凉的气息。沈桐离脑海中产生了一种奇怪的想象：自己行走在一个巨大植物的茎秆里面，不时路过这个植物结出的果子。整个通道弥漫着一种类似水果发酵的醇香味，林蝶分辨出来这是粮食酒的味道，她可以看到空气中飘散着葡萄酒微粒。他们行走的主路很狭窄，刚好过一个人。眼睛慢慢适应了之后，沈桐离发现那些从主路延伸出去的"果子"其实是存储空间，里面整齐地放着一些陶罐，心想这里应该是酒窖。跟着他们的还有几位雇佣兵。

穿过这个黑暗的通道，是一个宽阔的空间，高度有十几米。靠近一边，构筑了两层建筑，有几个房间。地面和墙面都是粗糙的水泥，楼梯设计得很现代。中庭有一张很大的工作台，上面笔墨纸砚俱全。楼下有厨房、洗手间等生活设施。整个空间没有窗户但很明亮。

辛宇琦站在中庭中央："很荣幸见到你们两位新的守卫。几十年了，我们终于可以在守卫刚刚确定的时候就找到你们，现在，是咱们合作的开始。"

曾宣扶着林蝶坐在一张沙发上，给林蝶喝水。林蝶很感谢："谢谢曾姐，你还记得我的保温杯。"曾宣笑笑。

沈桐离此刻心里想着该如何对付辛宇琦："你带我们来这里干什么？"

辛宇琦站在巨大的案几边，指着案几上齐全的笔墨纸砚和绢帛："你们要在这里画出西壁朝元图。"

沈桐离："我们不会画。"

辛宇琦用枪指着曾宣："我会把她杀死。"

林蝶着急地说："我们可以。"

沈桐离看曾宣在危险中，也沉默了。

林蝶："你们有那些金子，也可以找到空间盒子，通过空间盒子进入另外一个世界，为什么还需要西壁朝元图？"

辛宇琦摇摇头："我们不能。"

曾宣缓缓地说："你们第一次进入安乐阁的画满朝元图的盒子空间，是因为骆教授叫你画朝元图。你是守卫，画出来的西壁朝元图可以启动盒子空间，进入另外一个世界。而我们不是守卫，只能画东壁朝元图。"

林蝶："曾姐，你怎么知道这些？"

曾宣："我跟着你爷爷工作那么多年，是他告诉我的。我看你们如果不画出西壁朝元图，是没有办法离开这里。"

林蝶："可是搬迁过的安乐阁里面也有西壁朝元图，全国很多地方都有西壁朝元图。"

辛宇琦有点不耐烦："这就是守卫的把戏。一千多年以来，只有守卫的西壁朝元图可以启动盒子空间，其他人的都不行。"

林蝶看向沈桐离，沈桐离无奈："可以，不过有个专业的问题：白描朝元图那样的人物画长卷，肯定不是一天两天能够画完的。不仅仅需要足够长的绢布、专用的笔墨，还有一个至关重要的条件就是湿度。没有合适的湿度，很有可能前面的已经干了，但是后面的还没有画完。"

曾宣接着说："历史上，不管是不是守卫画的朝元图，在描摹绢本小样的时候，往往是几个人合作，一般一个人负责绘制栏杆、祥云、鲜花、礼器等物品；一个人负责根据原画临摹神仙的衣饰、动作以及头发；最后由一个人负责人物的眉眼表情，在一些必要着色的地方着色。"

沈桐离："我一个人很难完成。"

辛宇琦自信地说："除了骆妍，你还有一个搭档就是刑天。骆妍对他应该很熟悉吧，他过几天就会到这里。"

沈桐离："不可能！刑天已经被捕了！"

辛宇琦笑笑不答。

公安局里，明力正在成堆的材料中寻找线索。墙上贴着骆冰煜去世时候留下的几个线索：

1.《八十八神仙卷》。

2.骆冰煜飞翔的姿势。

3.《山乐》这幅画，画上的凤凰、梧桐树，以及后面画上去的小人。

如果教授是为了杀人，当场就可以，不必要将人掳走。所以他们应该有别的目的。林蝶受伤，应该不能支撑去往很远的地方，目前的航空信息显示这些人没有乘坐飞机、火车这种公共交通工具。坐汽车的话，那么他们应该还没有离开千格地区。风世彦的调查有一些进展：工程队大部分人不知所终，找到的一个小工记起来当时他们在库车大峡谷附近的山上挖掘的是一个酒窖。

明力不禁想：教授不杀沈桐离和林蝶，而是带走他们是干什么呢？西壁朝元图分明已经毁掉。

骆冰煜为什么要挖一个酒窖？林蝶和曾宣会在酒窖里吗？还有沈桐离？风世彦此时急忙跑过来，告诉明力，刑天的手机接到了教授的一条信息。

刑天看着信息皱起眉头："如果要救林蝶就去这里。"

风世彦："从安乐阁废墟那里的空间盒子中出来之后，你也接到了教授的任务，是什么？"

刑天没有隐瞒："带走林蝶和沈桐离。"

明力："所以你会在大峡谷发生洪水时袭击我们。"刑天点点头。

风世彦："带去哪里？"

刑天："教授说到时候会告诉我，后来就出事了。教授曾经说那个大峡谷是西王母的福地。"

刑天说起小时候看过的教授很多年前的著作，其中有一段关于西王母和昆仑山的描述，引用了《史记》中对于西王母的一段话："条枝在安息西数千里，临西海。暑湿。耕田，田稻。有大鸟，卵如瓮。人众甚多，往往有小君长，而安息役属之，以为外国。国善眩。安息长老传闻条枝有弱水、西王母，而未尝见。"在教授的解读中，西王母就是负责天地之"阴"的女神，脉传自上古时期的女娲。《史记》中说到的大鸟，则是凤凰。明力觉得这样的描述和季薄钊教授曾经给自己看过的书里的描述相同。

明力决定带风世彦和刑天立即回到库车，这是一个有风险的方案。刑天目前是三起命案的嫌疑人，且对方有雇佣兵，不清楚实力。可是对方的这个信息显然是一种挑衅和预设，他们不可能不知道刑天被警方关押，手机在警方手里，这个时候还发来命令，只有一种可能——他们并不担心警方的力量。

明力看着风世彦和刑天，做出一个决定："刑天，我们需要你帮助，你不希望林蝶受到伤害吧。"

刑天点点头。

一行人又重新回到红色的大峡谷。在那个存放金子的空间附近寻找，没有任何收获。山的南坡种植着一小片葡萄，依山搭建着低矮的葡萄架。明力注意到洪水来临时他们避难的小台阶、墨铃和骆冰煜挖掘的洞窟，以及刑天描述的充满金子的洞窟，全都位于大峡谷靠西面的山上。而这座山的南坡生长着一些高大的树，那小片葡萄田也位于山坡靠近山顶的地方，距离堆满金子的空间不远。

教授给刑天发出的信息和风世彦调查施工队小工提供

的地点都是指这里。

刑天只身一人走进葡萄田里。

此时葡萄藤只剩下根部，空荡荡的葡萄架整齐地排列着，错落有致，在阳光下投下整齐的阴影，像是一幅后现代的作品。刑天在葡萄架中穿梭，明力等人没有跟上来，在不远处埋伏着。

和资料显示的一样，这座山北坡都是砂石，南坡则存在一些已经经过风化的土质，但是整个大峡谷地区处于塔克拉玛干沙漠边缘，整体气候比较干燥。但是靠近南坡葡萄田附近，空气中总弥漫着一股酒香味，明力和干警们也闻到了。教授给刑天的信息并没有告诉他具体去哪里，刑天只好在葡萄田中徘徊，东看看，西看看，不时从地上捡起一些泥土砂石，凑到鼻子前闻闻。不远处明力也在做同样的事情。

刑天对着监听器说："这座小山包主要是页岩构成的，表面的土也是页岩风化之后形成的。葡萄田中散落着一些细小的石块显然是花岗岩，且有人工的痕迹。整个葡萄田靠近山包的一边，葡萄似乎生长得更加苗壮。"

明力思考着，说："你寻找有没有灌溉系统。"

刑天在葡萄田中继续寻找，在田边发现这里的泥土非常湿润，简单挖了几下，从厚厚的泥土中挖到一个废弃的方形的井盖。他报告给明力之后，当地的警官说："这个肯定是当初葡萄田的蓄水池，一般在地下，现在是冬天，应该没有水了。"

刑天开始挖掘井盖。打开井盖，湿润的带着葡萄酒味道的空气迎面而来，一个黝黑的通道呈现在刑天面前。刑天小心翼翼地从竖直的梯子下到井底，面前是一个横向的通道，没有一个人。刑天想了想，打开户外灯，走进通道。不远处，看到刑天进入竖井，明力带着一队警察也进入竖井。为了避免出现意外，整个区域也被警方控制，包括空中和地面。

通道蜿蜒在山里面，时不时会伸出一个更窄的小分叉，分叉尽头是一个小酒窖。继续深入，空气变得潮湿温润，隧道中弥漫着葡萄酒的香味。刑天在一个一个储存室里发现了大量的葡萄酒桶。

明力告诉每一个成员，注意行动的步调，小心那些雇佣兵的袭击。正在这时，一个小分队遭到了袭击，一名警员被拖入酒窖中。狭窄的隧道中没有光亮，警队的便携式照明灯将隧道照得通亮。但是每一个弯曲通向的究竟是酒窖还是下一个隧道，警方完全不清楚，大家都小心谨慎，在暗中躲避着袭击他们的力量。迎面突然冒出来一把尖锥，明力眼疾手快地躲闪开，所有队员立刻趴在地上。由于空气潮湿，有人喊了一句："地上有虫子！"

干警们立即开始拍打自己身上的虫子。明力用灯照了一下，是一种黑色的多足小甲虫。明力说："各位兄弟不要慌，这里储存了葡萄酒，空气潮湿，有虫子很正常。这类虫子没有毒性，大家要小心袭击。"

似乎他们在每一个隧道都遇到了雇佣兵的埋伏，目前不知道是否有警员遇害，但是受伤的警员却很多。隧道弯弯曲曲，有两支警队在隧道里碰面。

刑天在队伍的前面，没有遇到什么阻碍，似乎雇佣兵刻意放过了他。明力很满意。一名戴着头套的干警一直跟着明力。

在宽大的工作室里，辛宇琦看到了隧道里雇佣兵和警方的冲突，开心地告诉大家："咱们的客人来了。桐离，你的工作即将开始。"曾宣照顾着林蝶，林蝶觉得曾宣的表现太自然，但仍然很感谢她的照顾。

曾宣用表情暗示，辛宇琦叫沈桐离开始准备作画。

穿过很长一段隧道，工作室终于出现在刑天面前。刑天诧异自己没有遇到任何盘问和阻碍。辛宇琦见到刑天很开心："欢迎来到我们的地下城！"

刑天看向沈桐离和林蝶："你们还好吗？"

林蝶看出来刑天的不同，点点头做回应。

沈桐离看着刑天："你真的也是守卫？为什么要杀死骆教授？"

刑天还没有回答，辛宇琦打断了他的话："我不得不打断你们叙旧。因为他带来的这些朋友，你们需要尽快开始工作。"

林蝶："现在吗？在这里？"

辛宇琦点点头："时间紧迫。"

辛宇琦启动一个机关，整个工作室的大门缓缓关上。

刑天："我很奇怪，你为什么笃定警方会放我过来？"

辛宇琦："因为我们手上有他们信息。而且我相信警方已经包围了整个地方，我只有这一条路可以走。"

刑天："什么路？"

辛宇琦："做了那么多的事情，杀了那么多人，我已经没有办法回到这个世界。我也不用隐藏，我要用你们的能力，去另外一个平行世界生活。"

刑天很疑惑："你就是教授？"

辛宇琦摇摇头："我当然不是。教授是季薄钊，他当年给我投资资本成就了我。"

刑天："那你不管教授了？"

辛宇琦："我谁也管不了。"

林蝶插话："那个堆满金子的空间你并不熟悉对吗？当时你也是第一次进去。可是既然教授信任你，为什么没有把那个空间告诉你呢？"

辛宇琦恶狠狠地说："那个空间是你爷爷的杰作。他也并不是什么好人，那些金子就是他从其他平行世界偷来的，我不知道从什么时候开始。你爷爷和季薄钏，都是守卫，但也都有私利。"

林蝶有些失望："你说的都是真的吗？不可能！"

辛宇琦："我事先并不知道那个洞窟，那个洞窟也不是为了保护西壁朝元图而设置的，那么你爷爷挖掘它的目的是什么？我想明白了，是为了财富！你爷爷本质上和我们是一类人。"

沈桐离不敢相信这个事实，一拳打在辛宇琦脸上。雇佣兵赶紧上来控制住沈桐离。曾宣冷眼看着这一切，观察着刑天，给林蝶喂水。

刑天扶住沈桐离，沈桐离甩开："不需要！"

刑天："辛老板，你觉得这里可以阻挡住警察吗？"

辛宇琦指指厨房："那里有可以维持一个月生活的食物。他们在这扇门的外面，如果攻进来一个人我就杀一个人。"辛宇琦露出冷酷的微笑："为了你们的安全，明力也不会胡来。等你们画完，我们就可以启动空间盒子，我们就能到另外一个平行世界生活了。"

辛宇琦哈哈大笑："这个世界的警察怎么管得了另一个世界的罪犯！"

林蝶也露出微笑。曾宣观察着林蝶表情的变化，像是知道了什么似的。趁辛宇琦没有防备，曾宣抓起桌子上的白描笔尖，对准林蝶："你打开那扇门，不然我就杀了她！

没有林蝶，你哪儿也去不了！"

辛宇琦拿枪对着曾宣："我了解你，你不可能杀了她。你不是那种人。别逼着我杀你，这里面只有你没用。"

曾宣："你会杀了我？"

辛宇琦："我知道，你帮骆冰煜建了这里，这是我留着你的原因。不过你不要觉得我曾经爱过你就不会杀你！女人，你太天真了！"

林蝶："曾姐，你帮爷爷建造了这里，为什么？爷爷没有告诉过我关于这里。"

曾宣没有回答，看着刑天："你是真的刑天吗？"

雇佣兵从后面准备袭击曾宣，沈桐离一脚踢开了雇佣兵。刑天顺势和雇佣兵打起来，辛宇琦也加入打斗。刑天用枪指着辛宇琦的头，同时自己也被辛宇琦用枪指着腹部。两人进入僵局。辛宇琦威胁道："你忘了教授养育了你，忘了骆冰煜杀了你父母？"

曾宣喊道："他不是刑天！"

刑天用手撕开脸上的皮肤，原来此刻的刑天是风世彦扮的。风世彦狠狠地说："真的刑天就在门外，你不打开这扇门，就什么也得不到。"

辛宇琦朝风世彦开枪："我打开这扇门，也什么都得不到。"

风世彦同时也开了枪，被辛宇琦躲过了。沈桐离抱住了风世彦。风世彦满嘴是血："你们一定要出去！"沈桐离哭着："我一定会救你！"风世彦笑着摇摇头："我和你们去过另外一个世界，也许那个世界的我还好好活着，和你一样有绘画天赋。"

在他们混战的时候，林蝶悄悄爬到案几边，找到了控制钮。风世彦倒地时，林蝶启动了大门的开关。

曾宣看着林蝶没有阻止，对着辛宇琦大喊："你这个蠢货，骆妍的视力不同你忘了吗？她可以找到你藏在任何地方的东西。"辛宇琦气急败坏，朝着林蝶开枪，曾宣用身体撞向辛宇琦，辛宇琦射偏，林蝶赶紧爬向大门。明力和干警已经冲进来。刑天在明力之后，抱起了地上的林蝶，拽掉头套。

警方和残余的雇佣兵战斗，曾宣则抓住沈桐离的手和林蝶在一起。林蝶脸上露出惊恐的表情。这时曾宣一手拉着林蝶，一手拉着沈桐离，刑天抱着林蝶。沈桐离仍然在风世彦去世的痛苦中。曾宣带着三个人开始跑。他们四个人的一角空间开始旋转起来。不一会儿，工作室中的四个人变成四具植物人似的状态，明力大惊失色！

18

林蝶在平行时空醒来。这是一个到处灰蒙蒙的时空。

刑天和沈桐离躺在自己身边，曾宣则在不远处。

这个平行时空有很多雾霾，周围植物的颜色也逐步降低了饱和度。他们在一处树林中，周围生长的像是梧桐树，但又不一样。树下生长着一种会发光的蘑菇，一丛一丛的很可爱。林蝶可以看到空气中飘浮的颗粒。透过这些雾霾，不远处有一座道观。林蝶叫醒刑天，刑天醒来，觉得周围的一切很熟悉。沈桐离和曾宣也慢慢醒来，曾宣告诉大家："咱们来到了平行时空。"

刑天："这里，很熟悉。这些树下的蘑菇，好像叫涟光，是有毒的。"

沈桐离："既然这是平行时空，你胡说八道我们也不知道。"

曾宣若有所思："这里是你的故乡，我当初是在这里把你抱走的。"

刑天："什么？你？"

曾宣："那时我还是小女孩，跟着骆冰煜教授学习关于朝元图的一切。"

林蝶眼中露出敌意："你才是教授。"

曾宣叹口气："我们的世界是线性的。时间和空间影响着我们的意识。我知道了关于守卫的事情，很想成为守卫，我努力学习，完成骆教授交给我的任何事情。可是我不是守卫，守卫是墨铃的儿子和骆冰煜的儿子。我不明白为什么！我们只能跟着守卫进入平行世界。"

刑天："可是你为什么要偷我？"

"那时骆冰煜和季薄钊在研究平行世界，他们希望能整理出一份资料。我跟着他们穿行在平行世界，我那时怀孕了。我不知道，这样频繁的穿行会导致流产，可是骆冰煜和季薄钊都知道。他们不让守卫和古旋穿越，但是却让我穿越。因为他们认为林慧和古旋的孩子仍然有可能是守卫，所以要抚养他们。"曾宣流下眼泪，"我失去了孩子。在这个平行世界，我找到刚刚出生的你。"曾宣看着刑天，充满母爱的光。

刑天流出眼泪："你为了满足你做母亲的心愿，就让我一直孤单地生活在另一个世界里？"

林蝶朝刑天伸出手来："你还有我。也许这些灰色融入了你的基因，所以你是我们的世界唯一可以看懂我的画的人，我也是在那里唯一理解你的世界的人。"

刑天将林蝶抱在怀里，沈桐离看着两人也感触颇多。

曾宣："这些平行世界，每一个都奇妙无比。而朝元图，是线性世界的捷径。我在线性世界无法完成的事情，在平行世界可以得到。刑天，你的名字是我起的，你知道什么意思吗？"

刑天摇摇头。

林蝶悠悠地说："是《山海经》里面和整个世界斗争

的怪物。"

刑天愤怒地说："这不是我！"

"不必和她计较！有我在，我是你俩可以依赖的。"沈桐离转身对着曾宣，说，"你留着我们，一定有什么需要我们做的。"

曾宣："和辛宇琦一样，我也回不去了。你们必须画出西壁朝元图，你们才能回去。"

沈桐离："你又想骗我们，我们不需要。你知道刑天也是守卫，所以，只要我们三个人齐心协力，就可以启动空间盒子，也就可以回去。"

曾宣："如果我已经有了安排呢？"

林蝶恍然大悟："那个保温杯！"

曾宣："在病房洗手间里，弄晕你的人是我。即便从天花板这样的地方出去，我仍然带着保温杯，你们不会觉得我仅仅是关心林蝶吧。"

沈桐离："所以保温杯里有什么？"

曾宣："涟光，就是这种蘑菇，这里到处都是。我在咱们的世界也保存了一些。"

刑天："这种蘑菇有毒。"

沈桐离一把揪住曾宣的衣领："你太恶毒了！"

曾宣哈哈大笑："恶毒？凭什么我们要按照那个世界的规矩生活！凭什么你们是守卫而我不是？"

林蝶："一定有什么规则。"

曾宣哈哈大笑："我二十岁的时候也这么认为。可是已经几十年过去了，连骆冰煜和季薄钊都不知道。"

林蝶捂着胸口，倒在刑天怀里。

刑天看着曾宣说："知道为什么我们不能尝试捷径吗？因为尝试捷径在给你好处的同时，也让你丧失了看清楚它的坏处的能力，沉迷于毒品、赌博的人，都是因为这个。"

曾宣苦笑着："这里面最没有权利说这些的就是你，你和我一样杀过人。"

刑天："所以我才看到了这一切。"

沈桐离："我答应你！"

刑天："什么？"

沈桐离："骆教授说过，守卫人心不齐，所有守卫就会死。刑天，我不知道为什么你会成为守卫，但是我们现在需要一起救林蝶。"

曾宣露出满意的微笑："其实骆教授完全不必死。他如果像桐离一样懂得变通，也不会到今天这一步。我和季薄钊在一个充满金子的平行世界搬运金子，储存到克孜尔那个洞窟里。在那个世界里，金子就像我们世界的泥土一般。可是骆教授要阻止这一切。"

林蝶："你控制了我爷爷？"

曾宣笑着说："现在这还重要吗？咱们该走了。"

明力在地下空间收拾残局。辛宇琦被制伏，哈哈笑着："原来是这个女人！我真的没想到！"继而嘲笑着明力："我以为骆冰煜私自藏了那么多金子，原来是这个女人！我早该想到，她控制了骆冰煜。骆冰煜是感到她的威胁才启动了下一代守卫。你们没有料到吧。"

辛宇琦的嘲笑激怒了明力，明力一拳打在他脸上。的确，曾宣是自己的漏洞。虽然自己曾经怀疑过，但都被曾宣的真诚打动，认为她不是整个事件的核心。不过其实很多细节已经透露出这一点：骆冰煜在长达十年的时间中委托曾宣负责他一些私人的账户。美术馆和李德集团的账务表面上曾宣没有管理，但是每一笔她都清楚，且最近的几千万元都是在曾宣的授意下通过艺术品买卖倒入骆冰煜的账户的。更多的证据涌来，明力觉得很沮丧。

有明确的证据表明，辛宇琦一手策划了骆冰煜以及之前几个人的谋杀案，著名教授季薄钊也是参与者。季薄钊供述了他和骆冰煜就守卫问题的分歧，也供述了曾经帮助过曾宣。

目前除了沈桐离、刑天、林蝶和曾宣四个"植物人"之外，关于骆冰煜的案件似乎已经结案。

明力坐在飞机上，傍晚的斜阳从云层上方将粉红的光芒布满飞机机舱。似乎是不经意间，明力想起来自己曾经和风世彦也是这样坐着，也被这样的粉色的光芒笼罩着。

明力嘴角不自觉地露出一丝微笑，随即又陷入落寞。

回到绿藤市，明力在警局见到了已经成为嫌疑人的季薄钊。

两人面对面都有一些失落。

季薄钊："我只是学者，不是守卫。不过我也像曾宣一样，很奇怪为什么我不是。我九岁的时候，和骆冰煜、墨钤一起进入那个画满朝元图的盒子空间，一起去到另外的时空，可是我不是。本来我认命了，但后来曾宣说服了我。"

明力依旧不死心："骆冰煜的谜语，仅仅就是为了唤醒守卫？"

季薄钊淡淡笑着："平行世界一直都存在着。几千年了，一定出现过很多像我们这样的人，想要打破各自世界线性的规则。我原来以为我的目的是正确的，是为了研究，但是仍然会带来混乱。骆冰煜担心的应该就是这个。关于他付出生命要保护的，也就是这个。这值得。因为他人即地狱，以前我不明白，但是现在明白了，没有规则的规则，一定会引起混乱。事实上这句诗还有半句：朝元所宗，即凡而圣；义理通达，无边法即无法。"

季薄钊叫明力到自己的工作室，在几千本书中找到《朝元图》画册。明力在季薄钊庞大的工作室寻找，夕阳的光线暖暖地斜射进来，每一本书都闪闪发光。在一个书架上面，明力找到了那本厚厚的《朝元图》画册。翻开，里面是各个时代不同的朝元图，还有克孜尔、敦煌等不同地方的佛窟壁画，还有一些古罗马壁画。画册里详细研究了壁画画法和其中的精神内涵。这些不同地区、不同宗教信仰的壁画，有时候很相似。明力脑海中浮现季薄钊的话语。

"同样的文化现象甚至同样的文化作品会穿越时间和空间，在全世界很多地方发生匪夷所思的巧合。这样的巧合出现在全世界各地各个时代，从远古时期到资产阶级工业革命的各个时期，涵盖了绘画、雕塑、音乐等各种艺术形式。这种现象给我们传递了什么信息呢？不同的学科会有不同的解释，不过我相信，其中一种是我们地球上的人类具有相通相似的感情世界。"

应季薄钊的要求，明力向领导申请，给看守所里的季薄钊准备了笔墨和绢布，季薄钊在监狱里也开始作画。季薄钊告诉明力："我一直觉得艺术是为了救人，可是低估了人性中恶的作用。曾宣将那个孩子带到这个世界，她不知道，那个孩子从此进入黯淡之中，生活在失落空洞的陌生世界里。我们和我们的原生世界有着某种依存关系，我和那孩子接触的时候能够感受到他的落寞孤寂。我相信艺术是心灵的出路，所以我教他画画和哲学，希望这些精神的力量能够成为他生命中的光。"

明力问："骆冰煜为什么不跟沈桐离他们——就是新的守卫指出曾宣的危险。"

季薄钊笑笑："我认为老骆已经指出来了。他在《山乐》上画上了第六个小人，那个人是曾宣。曾宣曾经告诉过我，那个人画在亚克力罩子上，说明那个人并不是五位守卫中的一位，可是却混在守卫的队伍中。他也画上了曾宣的面貌，只是被大家误解了。"

明力："五位守卫？骆浚、林蝶、沈瑶、古旋，还有一位是谁？"

季薄钊缓缓地说："我和曾宣曾经讨论过这个问题，那一代的最后一位守卫应该是刑天的妈妈。曾宣去过的那个平行时空，在那边的医院里抱走了刑天。她说过，那里是一个灰蒙蒙的世界，有很多黄金和其他矿物质。那个母亲应该就是那一代的第五位守卫。"

明力："可是究竟什么才是守卫，难道就是血脉相传？"

季薄钊摇摇头。"我不知道。只是守卫一定都有两面。骆冰煜、骆浚和骆姸都是鸟类，墨钤、沈瑶和沈桐离则是熊类，刑天是哪一类我不知道。我们这一代的守卫有三位，分别是骆冰煜、墨钤和乾祁昆。"季薄钊苦笑着，"乾祁昆是狼。我们在挖掘克孜尔那个洞窟的时候他掉下山崖。我当时没有救他。"

在季薄钊的帮助下，明力虽然解开了一些问题，但是风世彦已经去世，沈桐离、刑天和林蝶都没有回来。在悲伤且平静的氛围中，所有人度过了一个元宵节。想起来春节前骆冰煜教授的死亡引发的这一切，明力无比感慨，此时正好是华灯初上的时候，明力的车开过喜庆热闹的街道。人们在准备着逛花灯，和十几天前的除夕一样，脸上都洋溢着闪亮的欢乐。

在中国人的传统意识中，过完元宵节，新的一年的工作才能真正开始，也才算过完春节。城市里的很多单位在大年初七就上班，所以那些散布在城市各个角落的上班族，在元宵节这个正月最后的节日中，多半是和同事们聚会，这个时间的聚会才是过年概念里的同事聚会。和城里人庆祝相聚不同，农村里即将进城务工的人们，在正月十五这一天，往往也在聚会，聚会后分离，过了这一天，很多人就该离开家乡到城里务工了。正月十五，相对于除夕和元日，中国百姓的感情更加丰富一些。

明力有一些疲惫，像是一个旁观者看着周围的喜庆和热闹。回到家里，拿出那本《朝元图》画册，翻看起来。突然，翻到《八十八神仙卷》那一页时，明力似乎发现了什么，关掉房间的灯，将画册拿到窗前。在银色的月光下，画册上的神仙衣带缥缈，神情庄重，行经在一座桥上，仔细看，那座桥似乎并不在一个平行时空。明力意识到自己似乎一直忽略了什么。抓起衣服，明力急速来到美术馆。

在清冷的空气中，美术馆后现代风格与中国传统审美相结合的建筑风格带来一种既熟悉又陌生的折叠感，像是不同世界的折叠，混杂着不同的审美和物质。那幅《八十八神仙卷》仍然在三楼的展厅中。虽然发生了凶案，整个春节假期前来观看的观众还是络绎不绝，甚至一度需要排队才能看几十秒钟。明力想起："朝元图原本就在我们每个人的心里。"

这个案件是上级分配给自己调查的，原因是自己在警队喜爱艺术。这是偶然吗，还是必然？风世彦也是同样的原因被分配到调查这个案件之中的。

明力凭借警官的身份轻松进入空空如也的美术馆。保安准备打开灯，被明力阻止了，他要在月光中看看那幅卷轴。

昏暗的美术馆三楼，银色的月光从天顶洒下来，照着躺在展柜中的《八十八神仙卷》——东壁朝元图。此刻，带明力上来的保安正在下楼，空荡荡的展厅中到处都传来声响，明力想起来沈桐离曾经给自己描述过他有过相同的经历，声音在这个空间中被各种反射，所以人们置身其中，会产生一种幻觉。

明力眼前出现骆冰煜去世那天晚上的场景。满身鲜血的骆冰煜匍匐着爬向展出《八十八神仙图》的展柜，后面的刑天缓慢地跟着。在月光下，展柜中的神仙慈祥地看着这个满腹经纶的老人爱莫能助。骆冰煜放弃了生存的希望，在最后的时间中留下一系列的线索。沈桐离告诉过明力："他说过要唤醒新的守卫。"

所以，守卫有几个人？《山乐》上如果画的是上一代的守卫，那么这一代呢？骆冰煜把《山乐》这幅画安排在朝元图的对面，就是为了说明上一代的守卫吗？明力凑近《山乐》这幅画，在月光下仔细看那些小人。其中一位是沈桐离，在沈桐离的背后，树叶像是熊的样子；一位是骆姘，她背后的树叶像是鹰；第三位应该是刑天，他的背后是烟雾，且形成一道折影，像是在另外一个时空；第四位是——风世彦，背后的树叶像被风刮一般朝一边倒；第五位——明力屏住呼吸，看着第五位小人，他的衣服上的图案很像肩章，第四人的衣服上也有，第五位小人的背景像是一个狼头。明力捂住自己的胳膊。只有他自己知道，他胳膊上有一个很像狼头的疤痕，据说是小时候打疫苗时起了反应而产生的。这些细节，在照片中很难看清楚。明力深吸一口气靠在墙上，想着自己对于朝元图的似乎来自童年的喜爱。自己从小到大的很多画面像是蒙太奇般地迅速在眼前闪过。小时候自己和小朋友偷老师的粉笔在公共厕所墙上画仕女画。长大一些准备报考美术学院，但因为只会画仕女画、不会素描而被刷下来。落榜后上补习班，第二年考上了警校。

　　自己就是其中一位守卫，明力越来越明确这一点。

　　明力看看月亮，今晚的月亮很明亮，他想起来凶案发生那晚是下弦月，月光黯淡。从《山乐》自己的位置看过去，仍然是朝元图龟兹乐坊的部分。即便是在下弦月的月光下，整个朝元图展柜的位置也是龟兹乐坊部分最为明亮的。

明力知道，这层的直下方是美术馆的藏品库。这个美术馆前身是 20 世纪 50 年代苏联建造的一个旧建筑，十几年前，在这个旧建筑的基础上经过重新设计改造而成了现在的美术馆。原来苏联的旧建筑是一个工厂，据说有巨大的地下工事，可是年代久远，改造时曾经在藏品库的下面发现化粪池，现在的藏品库就在化粪池的上面建造。

明力顺着布展通道的楼梯跑到地下二层。这是一个国家级的美术馆，藏品库藏有很多国宝级的书画作品，巨大的铁门和厚重的外墙保护着这些藏品。门上是转盘门栓，只有知道开门密码，旋转巨大的转盘才能将门打开。明力打开通风管道爬了进去。

沿着通风管道，明力进入藏品库的内部。在一堆一堆的画架和装置艺术品中穿行，明力觉得自己就像是在另一个时空。他在找一个通往更下层的通风口，找了一圈都没有。明力靠在画架上开始思索线索在哪里。

"如桐如椅，其实离离"，这是一种声音。墨铃曾经在洞窟里说："安静下来，我们可以听到梧桐树的声音。"安静下来，是不是有什么收获。

明力让自己安静下来，有一阵一阵的风声传来，有节奏的、细小的。明力朝着声音的方向走，在靠墙的地方有一个画架，画架上放着仿制的龟兹乐坊画作。明力打开手电，看到画架后面隐约有一个矩形的印记。明力费力地搬开布满灰尘的画架上的所有画，用手触摸那个矩形的印记。不出所料，印记连接的是另一个空间，有微弱的气流从印记中流过，那应该是一扇暗门。

明力用脚猛踹那里，果然踹出了一个豁口。再用力踹，豁口更大。明力从豁口穿了过去。

里面是一个通道。明力沿着昏暗的通道走，通道的尽头是一个房间。就像是风世彦给自己描述的一样，这个房间四面墙壁上画满了白描的朝元图。明力将手靠近一面墙，他的手附近的朝元图线条就更深一些、更明显一些。明力又试了其他几面墙。他知道，自己真的是守卫，这个空间也是一个可以连接其他平行世界的空间。

可是这样的空间究竟有几个呢？明力看着墙壁上的朝元图，在龟兹乐坊这里发现了暗示。龟兹乐坊中的仙女拿着各种乐器，其中有四位仙女手中的礼器像是小盒子一般。而这四位仙女中一位的头饰很像是这个美术馆——这是指这个美术馆。有一位衣服上写着"安乐"两个字，应该是指安乐阁下面的空间。还有两位仙女，一位拿着葡萄酒杯，一位拿着镜子，手牵着手，她们的后面有大峡谷似的山脉。就像沈桐离那样，明力开始在这个空间中奔跑。

很快，这个空间旋转起来，明力不断加速，满头大汗，最后摔倒在一片土地上。那一瞬间明力开心地大叫："成功了，真的成功了！"他像是孩子一般跳跃着。发现自己身处一个树林中，周围被雾霾包围。明力回想起季薄钊的话："有一个平行世界是灰色的。"

在这个长满梧桐树的树林里生长着很多发光的小蘑菇，有的在树下，有的长在树干上。到处都是灰蒙蒙的，可是这些小蘑菇的光泽却异常闪烁。明力看不清楚前面的路，只能摸索着朝前。走了一段时间，明力发现自己在原地转圈，周围也没有遇到其他人。

明力仔细观察周围，屏住呼吸倾听。他想起骆冰煜的后两句诗："黄绢幼妇，其实昕晰。"这也是一种声响，就像是——明力听到了一些树枝被风吹得互相碰撞的声音，还有间杂的鸟叫声，树叶被风吹动的声音，还有——风吹过墙壁遇到阻碍的声音。

明力沿着那个声音走过去。走了一段路，在树林的边缘，见到一座道观，并且看到道观的台阶上画着朝元图。明力保持警惕，先绕着道观转了一圈，确定里面有人活动的痕迹。整个道观像极了安乐阁，只是有一些钢结构裸露在飞檐的位置上，和砖瓦混合在一起，显示出和安乐阁的不同。窗户都是雕花格窗，明力用手摸着窗户，窗框看着像木头，事实上是一种树脂类的材料，比木头要坚韧几百倍。这真是一个奇怪的地方，窗户明显进不去，只能从门进入。明力耍了个诡计，脱下自己的鞋子扔到门口，然后敲门。门开了，刑天出来。明力很开心，正准备上前，想到曾宣，赶紧从门口溜进院子。

曾宣就在院子里，看着明力小心翼翼地进来，哈哈大笑："我真没有想到你也是守卫。"

明力光着一只脚，转身看到曾宣，也露出笑容："我也是没有想到，有那么多可以进入平行世界的盒子空间。"

刑天给明力送来鞋子，明力一边穿一边说："大家也都不是外人，谁给我介绍一下？这个平行世界究竟怎么样，我看和我们那边也没什么不同。"

曾宣："我给你介绍吧，他们太忙。"

明力看到沈桐离在画画，新的西壁朝元图已经快要画完。刑天也过去帮助沈桐离画画。林蝶躺在床上。

明力猜到这个女人一定是用林蝶要挟两个男孩子。

曾宣友好地挽着明力的胳膊："我给你当导游吧。生活在这个世界的人眼睛对于光线都非常敏感，刑天就有这种特征，所以他杀骆冰煜那天，在黑暗里他能够看清楚朝元图的所有细节，也就知道龟兹乐坊所指的位置。从某种角度来说是他找到了你们。"

明力有些拘谨。

曾宣则笑着："我还要给你介绍涟光，就是这种小蘑菇。林蝶就是中了它的毒。你还应该知道只有我才能保证林蝶活着吧。你也是守卫，我不是，所以你还有用。"

明力点点头。从道观的另一面可以看见大路，不远处有一座城市，矗立着很多大烟囱，这座道观在城市的边缘。曾宣有点自豪地说："我们美术馆曾经展出过赛博朋克的作品。其实他们怎么可能知道朝元图才是最赛博的作品，一千年前就是。"

　　突然，曾宣捂着心脏倒在地上。明力冷眼看着她，曾宣的心脏上插着一把刀。鲜血像是喷泉一般从曾宣的胸口四散开来，曾宣露出痛苦的表情。

　　明力冷漠地说："我终于理解了你。季薄钊曾经想要做你做的，但是他有规则约束，所以失败了。而你是破坏规则的人，你成功了。我如果要救他们，就必须这么做。你不会死，但是不能动了。"

　　曾宣已经说不出来话。刑天走过来："骆教授曾经跟我说过，都是拿刀，医生是救人，屠夫是杀人。我以为他是说我是屠夫，其实是在教我们做事。"

　　曾宣有点不甘心："林——蝶——"

　　明力："我相信一定有办法。西壁朝元图——"

　　沈桐离和林蝶一起撕掉了西壁朝元图。

——完——

龟兹乐坊图

《八十七神仙卷》局部

　　《八十七神仙卷》高30厘米，长292厘米，绢本，白描长卷，现藏于徐悲鸿博物馆。

　　卷首为齐白石题"八十七神仙卷"，署"八十八岁齐璜"。画面主体绘有87位道教人物白描图像，其中有3名带有头光的主神、10名武将、7名男仙、67名金童玉女，由画面右端向左端行进。画面没有任何文字。卷尾附有1948年重新装裱时的7段题跋，由前至后为：徐悲鸿跋之一、徐悲鸿跋之二、张大千跋、

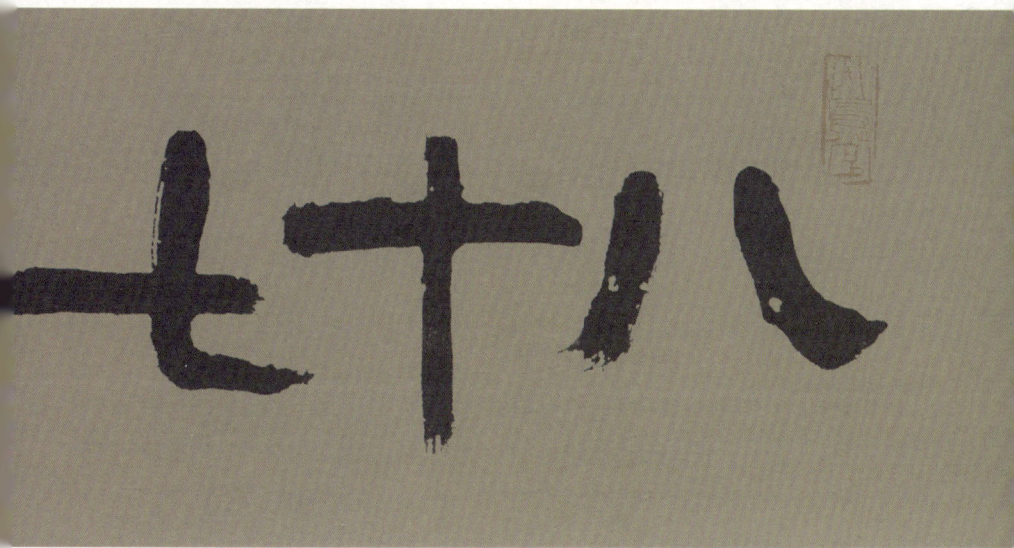

徐悲鸿跋之三、谢稚柳跋、朱光潜跋、艾克（Gustar Ecke）跋及冯至译文。各段题跋的题写时间与装裱顺序并不一致。跋文或详述收藏过程，或对此画赞赏比较，体现了作者的研究性观点。

　　《八十七神仙卷》是本小说的灵感来源之一，被学界认为是一个版本的朝元图。推论其年代大约在宋代。该卷轴曾于2018年3月在中央美术学院美术馆展出，盛况空前，数万民众排队只为一睹其真容。

本小说另一个灵感来源即为山西永乐宫壁画。

永乐宫在山西省蕳城县永乐县，汉时被称为蒲坂县，唐代叫永乐县，北宋熙宁三年（1070）这个县改为镇。传说，此地是唐代吕洞宾（八仙之一）的故里，人们将他的故居改建为吕公祠。宋金时代在原吕公祠基础上改建为道观。元代中期道观毁于火患，后在原址重建，改称为"大钝阳万寿宫"，俗名永乐宫。永乐宫于1247年开始兴建，全部工程包括建筑和建筑内部、院墙的壁画，延续了100多年，直至1368年壁画绘制才最后全部完成。

和小说中描写的东西壁朝元图不同，真正的永乐宫壁画遍布东西南北四面，共400多平方米，高4.26米，全长101.06米，据殿外碑文记载，所画为三百六十值日神像。事实上，目前全部壁画上的人物有280多人，其中着皇帝、皇后装束的共有8人。

永乐宫壁画卓越的艺术成就使其在美术史和壁画史上具有重要的价值和地位。

永乐宫三清殿北壁 朝元图（局部）

永乐宫三清殿东壁 朝元图（局部 2）

永乐宫三清殿西壁 朝元图（局部 1）